REENCONTRO
literatura

William Shakespeare

As alegres comadres de Windsor

Adaptação de

Hildegard Feist

Ilustrações de

Roberto Negreiros

editora scipione

Edição
Adilson Miguel

Editora assistente
Bruna Beber

Revisão
Gislene de Oliveira
Lilian Ribeiro de Oliveira

Edição de arte
Marisa Iniesta Martin

Diagramação
Jean Claudio da Silva Aranha

Programação visual de capa e miolo
Didier Dias de Moraes

Roteiro de trabalho
Thiago Barbalho

editora scipione

Av. Otaviano Alves de Lima, 4400
Freguesia do Ó
CEP 02909-900 – São Paulo – SP

ATENDIMENTO AO CLIENTE
Tel.: 4003-3061

www.scipione.com.br
e-mail: atendimento@scipione.com.br

2012

ISBN 978-85-262-8144-8 – AL
ISBN 978-85-262-8145-5 – PR

Cód. do livro CL: 737224

1.ª EDIÇÃO
2.ª impressão

Impressão e acabamento
Corprint Gráfica e Editora Ltda.

MISTO
Papel produzido a partir de fontes responsáveis
FSC® C102676
FSC www.fsc.org

Adaptado de *The Merry Wives of Windsor*, em *The complete works of William Shakespeare*. Garden City/New York: Nelson Doubleday, s.d. vol. I.

Dados Internacionais de Catalogação na Publicação (CIP)
(Câmara Brasileira do Livro, SP, Brasil)

Feist, Hildegard

As alegres comadres de Windsor / William Shakespeare; tradução e adaptação de Hildegard Feist; ilustrações de Roberto Negreiros. – São Paulo: Scipione, 2011. (Série Reencontro literatura)

Título original: *The merry wives of Windsor*.

1. Literatura infantojuvenil I. Shakespeare, William, 1564-1616. II. Negreiros, Roberto. III. Título. IV. Série.

11-02835 CDD-028.5

Índices para catálogo sistemático:
1. Literatura infantojuvenil 028.5
2. Literatura juvenil 028.5

Este livro foi composto em ITC Stone Serif e Frutiger e impresso em papel Offset 75g/m².

SUMÁRIO

QUEM FOI WILLIAM SHAKESPEARE?

No verão de 1587, um rapaz interiorano andava pelas ruas de Londres. Tinha consigo apenas algumas libras, mas finalmente encontrava-se no ambiente para desenvolver a sua vocação: a literatura.

A capital inglesa havia sido, por muito tempo, apenas um sonho para William Shakespeare. Nascido em 1564, em Stratford-upon-Avon, gozou de uma vida abastada até os doze anos. A partir de então, com a falência do seu pai, viu-se obrigado a trocar os estudos pelo trabalho árduo, passando a contribuir para o sustento da família. Guardava, entretanto, os conhecimentos adquiridos na escola elementar, onde havia iniciado seus estudos de inglês, grego e latim; por sua própria conta, continuou a ler os autores clássicos, poemas, novelas e crônicas históricas. Era também um profundo conhecedor da Bíblia.

Aos dezoito anos, já estava casado com a rica Anna Hathaway, com quem teve três filhos. Não se sabe ao certo por que motivo seguiu sozinho para Londres, quando contava 23 anos; o fato é que veio a tornar--se a figura mais expressiva da literatura inglesa. Foi o maior poeta e dramaturgo do Renascimento de seu país.

De maneira bem simples, podemos definir o Renascimento como a retomada da cultura da Antiguidade clássica, baseada na valorização de todas as capacidades do homem e no estudo e conhecimento da natureza, que se desencadeou em vários países da Europa nos séculos XIV, XV e XVI, reformulando as artes, as letras e as ciências. Esses princípios eram bem diferentes daqueles que nortearam a cultura medieval, centralizada na adoração a Deus e no estudo exclusivo dos livros sagrados e dos assuntos espirituais.

Vários foram os fatores que determinaram esse processo: a centralização do poder na figura dos reis, que estimulavam a produção artística, esperando obter, dessa forma, uma promoção pessoal; o desenvolvimento do comércio e das cidades; e o enriquecimento dos comerciantes, que passaram a pagar para que artistas e literatos produzissem obras que divulgassem os valores dessa classe em ascensão.

Tal efervescência cultural era bastante acentuada em Londres, onde se desenvolvia uma intensa atividade teatral. As peças, além de encenadas, eram impressas em livros e folhetins, rapidamente consumidos pelo público. Assim, as companhias eram obrigadas a renovar seus repertórios com frequência, encomendando peças inéditas aos autores da época.

Shakespeare iniciou sua carreira como ator na companhia teatral do conde de Leicester. Pouco tempo depois, passou a dedicar-se à adaptação de textos alheios para o palco. O sucesso obtido nessa atividade levou-o a escrever suas próprias peças – a primeira delas foi o drama histórico *Henrique IV*, em 1591.

Nos dez anos seguintes, Shakespeare – agora com sua própria companhia teatral – escreveu 15 peças, quase todas comédias leves e dramas históricos ou sentimentais, como *Sonho de uma noite de verão*, *A megera domada*, *Muito barulho por nada*, *Ricardo III* e *Romeu e Julieta*. A partir de 1601, durante um período de recolhimento e meditação, elaborou a maior parte de suas tragédias, como *Otelo*, *Hamlet*, *Rei Lear* e *Macbeth* – esta é considerada, por alguns críticos, a sua "fase sombria". A maioria dessas obras já foi adaptada para a série Reencontro Literatura.

Acredita-se que Shakespeare escreveu *As alegres comadres de Windsor* a pedido de Elizabeth I (1533-1603). Diz-se que a rainha havia gostado tanto de Falstaff, personagem das partes I e II de *Henrique IV* (cerca de 1597-1598), que pediu para Shakespeare escrever mais uma peça sobre ele. De acordo com John Dennis (1657-1734), autor teatral e crítico literário inglês, Elizabeth I estava tão ansiosa para ver Falstaff em novas aventuras (ou desventuras) que estabeleceu um prazo de duas semanas para a elaboração da obra. Não há, porém, evidências de que esse prazo tivesse sido realmente cumprido. De qualquer modo, é bem provável que Shakespeare tenha escrito *As alegres comadres* em algum momento do período compreendido entre 1597 e 1599. Também é provável que a tenha estreado no castelo de Windsor em 23 de abril de 1599, na presença da soberana.

As alegres comadres de Windsor inspirou óperas a quatro compositores. Com o mesmo título da peça, o austríaco Carl Ditters von Dittersdorf (1739-1799) e o alemão Otto Nicolai (1810-1849) apresentaram suas versões musicais da obra, respectivamente, em 1797 e em 1849; o italiano Giuseppe Verdi (1813-1901) preferiu chamar sua ópera de *Falstaff* (1893); e o inglês Ralph Vaughan Williams (1872-1958) optou pelo título *Sir John apaixonado* (1929).

NOTA SOBRE A ADAPTAÇÃO

A presente edição utiliza dados de *Henrique IV*, partes I e II, para compor a "biografia" de Falstaff. Também utiliza formas portuguesas para os nomes das personagens, sendo alguns traduzidos literalmente – como Abraão Delgado (Abraham Slender, no original) e Roberto Raso (Robert Shallow, no original). Para a senhora Quickly (literalmente algo como "senhora Rapidinha", ou "dona Lépida"), preferimos usar um nome foneticamente mais próximo do original e optamos por dona Quica. Quanto ao senhor Page, o original lhe atribui dois nomes: Thomas e George; optamos pelo diminutivo do primeiro: Tom. Para outras personagens que não têm prenome ou são anônimas no original, selecionamos nomes de outras peças de Shakespeare. Assim, o jovem Fenton passou a chamar-se Toby (personagem de *Noite de reis*); o estalajadeiro de A Jarreteira tornou-se Edu (diminutivo de Edward, personagem de *Henrique VI* e de *Ricardo III*) Marmelo (tradução literal de Quince, o carpinteiro de *Sonho de uma noite de verão*); e a empregada de Alice Page recebeu o nome de Rosalinda (personagem de *Trabalhos de amor perdidos*).

1
A ofensa

"Mas que sujeitinho atrevido...", Alice Ford resmungou consigo mesma e saiu, pisando duro, sem se importar com a hora, nem com o calor.

– Bom dia, dona Alice! – cumprimentou-a o velho mendigo que sempre ganhava dela uma moeda de cobre, uma roupa em bom estado, um prato de comida.

"Só se for para você", Alice pensou, mas, como não conseguia ser mal-educada nem quando estava com raiva, respondeu secamente, sem sequer olhar para o pobre homem:

– Bom dia.

"Nossa! Que bicho será que mordeu essa mulher?", o mendigo comentou consigo mesmo e, sem esperança de almoçar no belo jardim de Alice, como sempre acontecia no verão, sentou-se à sombra de um frondoso castanheiro e fechou os olhos, tentando se concentrar em alguma coisa que o fizesse esquecer a fome, porém tudo que lhe ocorria eram travessas de pato assado e tigelas de pudim de ameixa.

Enquanto o velho faminto sonhava com iguarias inacessíveis, ao menos naquele momento, Alice Ford caminhava a passo rápido e firme na direção da casa de Meg Page, sua comadre e também sua melhor amiga. Meg era a única pessoa com quem podia se abrir a respeito de um assunto tão delicado como o tal "sujeitinho atrevido". As duas se conheciam desde meninas, quando o pai de Meg, que era cozinheiro da família real, acompanhou os régios patrões numa de suas habituais temporadas em Windsor e se apaixonou de tal modo pelo lugar que resolveu trocar a agitação de Londres pela tranquilidade da cidadezinha, onde abriu uma estalagem e teve muito sucesso.

Se Meg era "forasteira", apesar de que apenas uns quarenta quilômetros separavam Windsor de Londres, Alice era uma autêntica windsoriana. Seus ancestrais se estabeleceram ali no século XI, na época em que Guilherme, o Conquistador, construiu a fortaleza de madeira que daria origem a um famoso castelo. Desde então, os homens de sua família sempre trabalharam em função desse castelo, participando das sucessivas reformas e alterações que foram feitas por vários soberanos e contribuindo para a manutenção do imponente edifício, orgulho da pequena população local.

Tanto Alice quanto Meg eram muito bem casadas com negociantes honestos e abastados. Moravam em verdadeiras mansões e, como tinham a seu dispor uma boa criadagem, não precisavam mover uma palha, se quisessem. Mas o que elas não queriam era ser inúteis. Assim, ocupavam-se da manhã ao entardecer com o orfanato que ajudaram a construir – organizavam o cardápio diariamente, fiscalizavam as condições de higiene das instalações e dos internos, davam aulas de leitura, redação, gramática, geografia, história e aritmética às crianças em idade escolar – e ainda arrumavam tempo para cuidar pessoalmente de suas hortas e de seus jardins e dar atenção à família.

Queridas e respeitadas por todos que as conheciam – e praticamente os quatro mil habitantes da pacata Windsor as conheciam –, eram famosas por sua generosidade, seu bom humor e sua impecável virtude. Ninguém, mas ninguém mesmo, podia dizer uma palavra sequer contra Alice Ford ou contra Meg Page.

"Quem esse sujeitinho atrevido pensa que é?", Alice se perguntava, bufando de raiva e suando ao calor do meio-dia. "Como é que um forasteiro que veio sabe-se lá de onde se achou no direito de tomar esse tipo de liberdade justamente comigo?"

E tão mergulhada estava nesse tipo de reflexão que, ao dobrar a esquina, trombou com outra mulher, que, tão distraída quanto ela, igualmente vinha bufando e suando na direção oposta.

– Comadre Meg! – Alice exclamou, surpresa. – Eu estava indo para sua casa.

– E eu estava indo para a sua – Meg respondeu. – Veja você que ousadia! Isto é uma ofensa! – acrescentou, sacudindo um papel que trazia na mão.

– Não me diga que você também recebeu uma carta daquele...

– Também...? Por quê? Você...?

Antes que Meg completasse a frase, Alice tirou do bolso do avental a carta que a deixara tão furiosa, momentos antes: o mesmo papel, a mesma tinta, a mesma letra, o mesmo cheiro de cerveja azeda, as mesmas manchas de dedos ensebados.

– Ora, ora... – as duas murmuraram, já quase achando engraçada a estranha situação.

– Bom dia, dona Alice! Bom dia, dona Meg! – cumprimentou-as o alfaiate, que acabava de fechar a oficina para ir almoçar.

– Bom dia! Bom dia! – elas responderam, uma após outra, meio desconcertadas.

Nesse exato momento, ouviram a primeira das doze badaladas que começavam a soar no relógio da velha igreja de São João Batista, outra relíquia da qual os windsorianos se orgulhavam muito – e com toda a razão, pois era um esplêndido edifício, erguido no século XII, provavelmente logo depois que a corte se instalou em Windsor.

– Nossa, já é hora do almoço! – Alice exclamou, visivelmente assustada. – Eu nem tinha me dado conta! Ah, se eu não voltar correndo para casa, Frank vai ter um ataque. Você sabe como ele é sistemático.

– É, eu sei... – Meg concordou, calmamente. – Vá, comadre, vá. Depois a gente conversa.

– Que tal às duas lá em casa? – Alice sugeriu, afastando-se às pressas. – Frank tem um compromisso nesse horário, e poderemos conversar em paz – explicou. – Vá direto para o caramanchão! – acrescentou, já do outro lado da rua.

– Tudo bem. Estarei lá – Meg respondeu. "Ainda bem que não preciso me preocupar com esse tipo de coisa", pensou, enquanto observava a correria da amiga. "Nem Tom, nem as crianças ligam muito para essa história de horário, mas Frank... Hum... aposto que a comadre vai encontrá-lo de cara amarrada, sentindo-se mortalmente rejeitado, abandonado, desprezado, desamado, só porque ela se atrasou um minuto e meio para o almoço..."

2

Plano de vingança

Meg dizia que o caramanchão do jardim de Alice era "o lugar mais fresco da Inglaterra". Exageros à parte, ela não estava muito longe da verdade. Situada no fundo do jardim, a estrutura de treliça com vãos suficientemente espaçosos para proporcionar uma excelente ventilação e a dose exata de luminosidade era recoberta de trepadeiras que, ao longo do verão e, sobretudo, durante a primavera, pareciam florir em todas as folhas, numa explosão de cores e perfumes. No outono, as pobrezinhas perdiam as flores, ficavam amarelas e, pouco a pouco, reduziam-se aos caules lenhosos, sem vestígio de verde, mais parecendo ossos esturricados. Porém, enfrentavam galhardamente os rigores do inverno até começar a brotar de novo, na primavera seguinte. Uma abertura em forma de arco, emoldurada de folhagens e flores, permitia a entrada das pessoas nesse refúgio vegetal, onde até uns dez adultos podiam acomodar-se confortavelmente em bancos revestidos de almofadas e num amplo balanço enfeitado com fitas. Era no caramanchão que Alice costumava passar grande parte de seu tempo, principalmente na primavera, quando se inebriava com o perfume de rosas, jasmins e madressilvas, e no verão, quando se livrava da alta temperatura, enquanto pensava na vida, lia, descansava, recebia uma amiga para o chá da tarde ou cuidava de afazeres relacionados a suas obras de caridade. Ali não ouvia os ruídos da casa, nem da rua, e de vez em quando era surpreendida pela visita inesperada de uma toutinegra que parecia cantar unicamente para ela.

– Veja que coisa engraçada... – Meg comentou, enquanto se acomodava no balanço, diante de Alice. – Quando eu estava no auge da "beleza", entre aspas, nunca ninguém me mandou uma carta de amor, e agora, que já estou meio murcha, por assim dizer, aparece-me esse galanteador de quinta categoria...

– Tom nunca escreveu para você? – Alice perguntou, entregando-lhe a carta que recebera antes do almoço.

– Tom é um marido excelente, não posso me queixar, mas não tem nada de romântico – Meg respondeu. – Já o tal sujeitinho... – acrescentou, passando para a amiga a carta que o tal "galanteador de quinta categoria" lhe enviara.

Por alguns instantes, as duas ficaram em silêncio, desdobrando a folha de papel ensebada e amarfanhada cujo conteúdo tanto as ofendera num primeiro momento.

– "Ó bela senhora, por que te amo não me perguntes..." – Alice começou a ler em voz alta.

– Ei! – Meg a interrompeu. – Aqui está escrito a mesma coisa... E depois ele diz: "Amor como médica usa a razão, bem sei, porém como conselheira não a aceita".

– Aqui também – Alice falou. – Ele gosta um bocado de uma ordem indireta... E é empolado que só...

– Decerto acha que escrever complicado é a mesma coisa que escrever bonito. A gente devia ler essa bobagem para as crianças como exemplo do tipo de redação que elas nunca devem fazer.

– Concordo plenamente. Mas vamos lá: "Jovem não és. Tampouco o sou..." – Alice tentou continuar, mas caiu na gargalhada.

– Ele é impagável... – disse Meg, esforçando-se para não rir. – Como é que, quando eu li essa asneira, antes do almoço, não achei graça nenhuma?

Concentrada em controlar o riso, Alice não respondeu à amiga e retomou a leitura:

– "Inegável é, sem dúvida, que entre nós existe grande simpatia..." Mas que petulância!

– "És alegre, alegre sou... e tal alegria intensifica essa simpatia" – Meg leu e não resistiu mais à vontade de rir.

– Agora ele resolveu rimar... – Alice comentou, caindo novamente na gargalhada.

– E a rima é paupérrima...

O que antes as ofendera agora as divertia de tal modo que elas precisaram suspender a leitura por alguns instantes, pois as lágrimas provocadas pelo riso não as deixavam enxergar as letras.

– "Gostas de xerez, de xerez eu gosto..." – Meg por fim prosseguiu. – "Acaso poderias maior simpatia desejar?"

E mais uma vez suas gostosas risadas interromperam o que mais tarde Meg chamaria de "tudo-que-um-texto-não-deve-ser". Como escritor, o tal galanteador era realmente um completo desastre. Talvez impressionasse alguma moça simples que nunca pegou um livro na mão, porém qualquer pessoa de mediana cultura só poderia achar ridículo o estilo alambicado e oco do "sujeitinho atrevido".

– "Que vos baste..." – Alice recomeçou. – E agora ele passa de "tu" para "vós".

– Erro crasso. Nem meu Guigui, que só tem onze anos, cometeria tamanha falha. "Que vos baste, bela senhora Ford..."

– "Bela senhora Page" – Alice leu. – Aposto que ele tem mil cartas iguais a esta, com espaço em branco para os diferentes nomes... Que cafajeste!

– "... se bastar vos pode o amor de um soldado" – Meg continuou lendo, como se não tivesse ouvido – "que te amo". – E se atrapalhou de novo com o tratamento...

– Aliás, o que é que ele quer dizer com isso? Que, se o amor de um soldado "vos basta, bela senhora Page" – Alice enfatizou as palavras, engrossando a voz para imitar o remetente –, "então vos basta que vos amo"?

– Quem é que quer entender as patacoadas que esse idiota escreve? Vamos lá: "Não direi que de mim vos compadeça...". Xi, ele fugiu da aula de gramática desde o princípio. Pois corrigindo: "Não direi que de mim vos compadeçais, pois tal não é de um soldado o feitio, mas direi: amai-me".

Sempre engrossando a voz, Alice se encarregou de interpretar o grande final:

– E, se forças tiver eu para resistir à nova onda de riso que ameaça tragar-me, bela senhora, concluo a leitura desta baboseira com os seguintes versinhos, dignos do pior poeta que o mundo já teve o desprazer de conhecer:

Teu único, fiel cavaleiro,
que seja por um dia inteiro,
ou à noite, com ajuda de luzeiro,
e com o engenho de um armeiro,

por ti lutar me será sempre lisonjeiro.
João Falstaff

– Quanta bobagem! – Meg exclamou. – Palmas para nosso ilustre pacóvio!

– Pacóvio que merece um castigo à altura – Alice decidiu. – Sim, pois, falando sério, esta carta é uma conspiração contra nossa honra. Ai, se meu marido vê isso... Ciumento do jeito que ele é... Não quero nem pensar.

– Meu marido não é ciumento, mas com certeza não iria gostar nem um pouco de saber que aquele conquistador de meia-tigela anda arrastando a asa para mim – disse Meg. – Que atrevimento! Um velho caindo aos pedaços...

– Pedaços de banha, ainda por cima – Alice completou, entregando-se novamente ao riso.

– Acho que falei com esse infeliz umas três vezes no máximo, quando por desgraça cruzei com ele na rua. E nunca fui muito além de "Bom dia", "Boa tarde", "Como tem passado?"... Ora, faça-me o favor!

As duas destrocaram as cartas e ficaram em silêncio por alguns momentos, refletindo sobre a maneira como haveriam de punir o ridículo galanteador sem que seus maridos soubessem de nada. Para Meg, não haveria maiores problemas, uma vez que tinha mais liberdade de ação. Para Alice, no entanto, seria difícil driblar a incômoda vigilância de um marido inexplicavelmente ciumento.

– Por que cargas d'água Frank tem ciúme de mim...? Nunca lhe dei o menor motivo...

Antes de responder, Meg se levantou e, toda empertigada, pôs-se a caminhar pelo caramanchão e a desfiar seus conhecimentos sobre a natureza psicológica do ciúme, como se estivesse dando uma aula para jovens universitários.

– Porque é emocionalmente inseguro. Uma vez eu li, não importa onde, que o ciumento é basicamente inseguro. Ou porque pertence a uma classe social mais humilde, ou porque é estrangeiro, saído de uma cultura tida como inferior no lugar onde resolveu viver, ou porque tem alguma característica física que o faz sentir-se inadequado...

Alice, que acompanhava com enorme interesse a explicação da comadre, tentando ver em que medida se aplicava a Frank, surpreendeu-se:

– Mas meu Frank não tem nenhum desses problemas...

– Você é que pensa! – Meg se postou diante da comadre. – Embora não seja estrangeiro, não tenha vindo de uma cultura considerada inferior, não pertença a uma classe social mais humilde, não apresente nenhuma característica física que o torne inadequado... aliás, é até bem-apessoado, como dizia minha mãe... – Meg sorriu e voltou a medir o caramanchão com seu passo lento e cadenciado. – ... Frank é emocionalmente inseguro, sei lá por quê... Não se considera suficientemente bom para ser amado, ou acha que não recebe amor suficiente para preencher os vazios que acumulou ao longo da vida, e fica cobrando afeto que nem cobrador de impostos. Não é isso que todo ciumento faz? – perguntou, mais uma vez parando diante da amiga. – Em minha opinião, o ciumento é, antes de tudo, um chato – concluiu, enfatizando a última palavra com o ar vitorioso de um advogado que acabava de defender com maestria uma causa difícil.

Alice suspirou, triste por ter de admitir que Meg estava certa em muitos aspectos. Contudo, não era de seu feitio ater-se ao lado menos positivo de uma situação e lamentar-se. Portanto, logo reagiu à tristeza e se pôs a enumerar as qualidades do marido:

– Tudo bem, reconheço que Frank faz esse tipo de cobrança e, com isso, muitas vezes se torna um chato. Mas também devo dizer que é um homem generoso, afetuoso, carinhoso, bondoso...

– Tanto "-oso" é influência de João Falstaff? – Meg interrompeu-a, quebrando o clima sério que se instalara no caramanchão.

– Palhaça! – Alice exclamou, novamente risonha.

– E, por falar em João Falstaff, vamos tratar de nossa pequena vingança – Meg continuou, sentando-se novamente no balanço. – O que você acha de marcarmos um encontro com ele, como se tivéssemos caído nessa conversinha de aprendiz de sedutor?

– Acho ótimo. E proponho que logo de cara nos finjamos de loucamente apaixonadas por aquela baleia encalhada naquela estalagem de quinta categoria.

– E nos encontros seguintes... – Meg começou.

– Que história é essa de "encontros seguintes"? – Alice estranhou.

– Você não acha que com um único encontro vamos nos vingar dele bem vingadas, acha?

Alice ficou meio preocupada com a desagradável perspectiva de encontrar-se com João Falstaff mais de uma vez e ter de se fazer de leviana apaixonada com uma figura que lhe era tão antipática. Teria de apelar para todo o seu talento reprimido de atriz dramática e enterrar no fundo da mente a comediante que existia nela e se manifestava praticamente a toda hora e algumas vezes como se lhe fugisse ao controle.

– Não... – murmurou, sem grande convicção.

– Pois muito bem. Como eu ia dizendo, nos encontros seguintes trataremos de fazê-lo gastar tudo que tem com presentes absurdos, que depois haveremos de vender para ajudar nossos órfãos.

– Para fazer tudo isso, precisamos de um aliado – Alice ressaltou.

– Uma aliada – Meg corrigiu. – E você sabe muito bem a quem me refiro...

Com efeito, Alice entendeu de imediato, pois só havia uma pessoa em toda Windsor suficientemente competente para levar e trazer recados, bisbilhotar e passar informações, defender a causa de gregos e troianos ao mesmo tempo, sem o menor peso na consciência. Tudo isso, evidentemente, mediante remuneração em dinheiro, que, quanto mais generosa, mais empenho e discrição garantia.

– Vamos ter de pagar muito bem a ela, para que não dê com a língua nos dentes...

– Com certeza – Meg concordou. – Mas esse não é problema difícil de resolver.

– Ainda bem! Vamos lá?

As duas comadres se levantaram e, cada qual com a carta no bolso do avental, saíram para ir conversar com a senhora Quickly, a aliada que elegeram, e contratar seus excelentes (embora muitas vezes escusos) serviços.

3

Dona Quica

A senhora Quickly, mais conhecida como dona Quica, trabalhava como governanta do doutor Caio, um médico francês que se instalara em Windsor havia mais de vinte anos e nunca perdeu o sotaque nem a mania de usar dois idiomas ao mesmo tempo. Dona Quica teve de se esforçar muito para compreender o que ele dizia, quando foi contratada para cozinhar, lavar, passar, arrumar, remendar, lustrar, assar pão e fazer cerveja para esse solteirão inveterado. Como se não bastasse tudo o que ela fazia, ele ainda lhe confiara suas ervas medicinais, incumbindo-a de regar a horta onde eram cultivadas, arrancar o mato, adubar a terra, colhê-las, amarrá-las por espécie em pequenos maços, colocar os maços para secar ao sol (ou junto ao fogão, no inverno), guardar o produto seco em potes específicos, devidamente etiquetados pelo próprio doutor, cuja letra ela quase nunca entendia – até porque, na verdade, era muito mal alfabetizada – e, assim, vivia misturando as espécies, o que lhe valia sérias reprimendas. E o pior era que, teoricamente em troca de tantos préstimos, recebia um salário que considerava "inrisoro" (como sua ambição de falar bem e "difícil" esbarrava em seus parcos conhecimentos da língua, ela cometia erros terríveis, como dizer "inrisoro" em lugar de "irrisório").

Se dona Quica fosse realmente tão atarefada como alardeava ("Eu me mato de trabalhar da manhã à noite", lamuriava-se), não lhe sobraria um minuto sequer para correr Windsor inteira com seu passinho miúdo, coletando informações importantes e transmitindo mensagens cruciais para seus clientes. "Não é para me gabar, mas eu sou de uma competência a toda prova", dizia, estufando o peito – e nesse momento ficava parecidíssima com uma rolinha: a cabeça minúscula sobre os ombros estreitos; o busto tão farto que, na hora do sol a pino, projetava sombra no resto do corpo, da cintura para baixo; as canelas finas; os pés que se recusavam a manter-se paralelos, cada um apontando numa direção.

O que a cidade inteira sabia – com exceção, é claro, do principal interessado no assunto, ou seja, o doutor Caio – era que geralmente dona Quica cobrava uma espécie de comissão extra por seus preciosos serviços, o que consistia em conseguir que os clientes mandassem os próprios empregados darem conta de suas tarefas, quando o patrão não estava em casa. Claro está que, para o esquema funcionar, dona Quica se valia de duas armas infalíveis: uma agenda que mantinha rigorosamente em dia, registrando todos os horários do médico numas garatujas que só ela mesma entendia, e chantagem. Era sempre muito respeitosa, chamava todo mundo de "vossa senhoria" e fazia reverência a gregos e troianos. ("Nunca se sabe de onde há de sair o pão de amanhã", sentenciava, como para justificar a incrível facilidade com que defendia causas opostas com o mesmíssimo ardor.)

Nessa tarde quente de verão, enquanto Alice Ford e Meg Page se divertiam com a leitura da carta idêntica que João Falstaff tivera o atrevimento de enviar-lhes, dona Quica estava ocupada em despachar o doutor com a maior rapidez possível a fim de ficar livre para cuidar dos próprios interesses. O problema era que, como sempre, ele perdia muito tempo, andando de um lado para o outro como uma barata tonta, tentando lembrar-se de tudo que precisava levar para visitar um doente ou tratar de um assunto e nunca se lembrando de onde havia guardado justamente o que precisava levar.

– *Non* estou encontrrando *mon boitier vert*, meu caixa verrte – ele bufou, abrindo e fechando praticamente ao mesmo tempo todas as portas e gavetas do armário. – Aquele com as errvas especiais – explicou. – Eu tenho cerrteza de que deixei aqui. Onde você colocou *mon boitier*?

Apesar da pressa que tinha em vê-lo sair, dona Quica precisou de alguns instantes para, primeiro, certificar-se de que estava compreendendo aquela língua complicada e, segundo, refrescar a memória para localizar a tal caixa verde, que, por acaso, estava na segunda prateleira do armário aberto e reaberto numerosas vezes pelo médico atarantado.

– E agorra *mon chapeau*... Onde foi parrarr *mon chapeau*...? – ele choramingou, girando em torno de si mesmo, olhando para todo canto sem encontrar seu chapéu.

Esforçando-se ao máximo para controlar a impaciência e não botá-lo para fora como se fosse uma criança malcriada, dona Quica se limitou a levantar o braço e tocar o chapéu que, também por acaso, estava exatamente na cabeça do doutor.

– Orra, veja você – ele murmurou, meio desajeitado, e, tentando manter a dignidade e a autoridade apesar de toda a trapalhada, abriu a porta para sair, mas voltou atrás.

"O que será que esse 'incresorado' vai querer agora?", dona Quica pensou, complicando ainda mais a palavra "esclerosado".

– *Non* me esperre parra o chá – ele avisou –, porrque, depois de visitarr *mes malades*, meus doentes, vou tomarr chá com os Page... e verr *ma bien-aimée*... minha bem-amada...

A esperta dona Quica imediatamente aproveitou a deixa para fazê-lo sair sem mais demora:

– Então, se quer dar uma prova de seu amor a ela, trate de não se atrasar. As mulheres odeiam esperar.

– Tem toda a razon, toda a razon – Caio concordou e finalmente desceu os dois degraus da entrada, atravessou o jardim com seu passo arrastado e, antes de ganhar a rua, voltou-se, todo sorridente, para dar adeus à impacientíssima serviçal: – *Au revoir, ma chère*! Até mais ver, minha cara!

– Até, até! – dona Quica respondeu, acenando-lhe com a mão roliça e pequena. – Até que enfim, isso sim! – resmungou, enquanto fechava a porta. – Olha só a bagunça que aquele velho fez... – reclamou, contemplando a sala. – É almofada revirada, é copo sujo largado em qualquer canto, é maço de erva fora do lugar, é papel por todo lado... – enumerou e, ao abaixar-se para recolher os papéis, deparou com um envelope que o médico deixara cair, certamente ao revirar as gavetas em busca de seu famoso *boitier vert*. Boa bisbilhoteira que era, imediatamente o abriu. – *"Ma... bi...en-ai...mé...e, je... vous... a...do...re..."* – leu em voz alta, aos tropeços. – Isso eu entendo. *"Ma bien-ai... mée..."* é "minha bem-amada", ele acabou de falar. *"Je"* eu sei que é "eu", *"vous"* já aprendi que é "você" e *"adore"* só pode ser "adoro". E claro está que ele se refere a Aninha Page. Será que escreveu tudo em francês? Vejamos... Ah, menos mal! – exclamou, aliviada, depois de correr os olhos pela página e constatar que só o início, o fecho e algumas palavras estavam naquele "diabo de língua que a gente não entende", como dizia. – "Es... tou an...sio...so para vol...tar a ve...la" – leu. – "Voltar a vela"? O que é que uma "vela" tem a ver...? – estranhou e leu de novo, com atenção redobrada: – "Voltar a... vê-la... vê-la" – repetiu, satisfeita. – *"Ma...da...me vo...tre mè...re,* a se...nho...ra sua mãe..." ainda bem que ele mesmo traduziu... "con...vi...dou-me para o chá *chez... vous,* em sua casa, ho...je, às cin...co horas. Não... sei se... você...sabe, mas ma...da...me Meg é in...teira... men...te *favo...ra...ble... à no...tre u...ni...on,* favo...rá...vel a nossa união... Lá es...ta...rei, *ma ché...rie...*, minha... que...ri...da... *À... bien...tôt.*" Isso ele fala sempre; parece que é alguma coisa como "até logo". "*Ton amoureux* Caius." O que vem a ser isso?

Dona Quica deu tratos à bola para tentar entender as três últimas palavras e deduziu que, por aproximação, "*amoureux*" era algo como "amoroso"; pelo sentido, "*ton*" era "teu"; quanto a Caius:

– Só pode ser um jeito muito do metido de dizer "Caio". Aquele advogado para quem eu trabalhei uma vez falava um monte de palavra terminada com "*-us*"; dizia que era latim, uma língua danada de difícil... Não sei para que cargas d'água tem gente que aprende essas coisas... Também não sei se o "incresorado" se esqueceu de mandar esta carta, se a deixou cair sem querer, se o que está aqui é só um rascunho, se escreveu e depois se arrependeu... Mas isso não interessa... – ela recolocou a carta no envelope, juntou o envelope aos outros papéis que recolhera do chão e guardou tudo na gaveta do armário. – O que interessa – continuou, tratando de concluir a arrumação da sala – é que o infeliz acredita que eu vou ajudá-lo a se casar com Aninha Page. Que ideia mais "instapafurda"! – exclamou, querendo dizer "estapafúrdia", outra palavra "difícil" que ela nunca pronunciava corretamente. – Imagine se aquela menina linda, na florzíssima da idade, vai querer qualquer coisa com esse velho caindo de maduro... ainda que dona Meg aprove essa união. E daqui a pouco me aparece aqui aquele outro tonto, que conta com a aprovação de Tom Page e com minha mãozinha para casar com a mesma Ana Page... E eu garanto que vou ajudar um e outro, claro...

O "outro tonto" que dona Quica estava esperando era o jovem Abraão Delgado, também conhecido como Palito, porque era magro justamente como... um palito. Órfão de pai e mãe, esse grande paspalho vivia desde os dez ou onze anos de idade com o tio, Roberto Raso, juiz de paz em Windsor. O tio decidira que ele devia casar logo e que tinha de ser com a filha dos Page, a quem considerava o melhor partido de toda a região para qualquer rapaz e uma verdadeira "sorte grande" para um indivíduo tão desprovido de qualquer qualidade física ou intelectual como o pobre Palito. Além de bonita, inteligente, bem-nascida e bem-educada, a moça era rica e em breve aumentaria ainda mais seu patrimônio, pois o avô lhe deixara em testamento uma quantia considerável em moedas de ouro e prata, estabelecendo que ela tomaria posse dessa herança quando fizesse dezessete anos – o que aconteceria ao cabo de alguns meses. O tal Palito não tinha nem vontade, nem jeito para cortejar a noiva em potencial, e por isso o tio o encomendara a dona Quica, a quem confiou a incumbência de preparar o caminho para o namoro. Ela concordara em receber o infeliz para conhecê-lo melhor e, assim, melhor desempenhar seu papel.

– Aquele tonto também não tem a menor chance... – a alcoviteira murmurou com seus botões. – Mas eu dei minha palavra de que ia ajudar, e sou mulher de palavra... Apesar de que conheço muito bem o coração de Aninha e sei que ela não ama nenhum dos três.

Quem completava o trio era Toby Fenton, jovem fidalgo arruinado que, segundo ele mesmo dizia, gastou quase tudo que os pais lhe deixaram (e que não era pouco) com farras, jogatina, bebedeira, viagens, roupas e outras coisas desnecessárias e até perniciosas. O próprio Fenton reconhecia que, a princípio, havia se aproximado de Aninha por interesse, visando à fortuna que ela estava prestes a herdar, mas depois se apaixonou realmente por ela e agora podia afirmar, com toda a convicção, que a amava de verdade. O problema era que os pais da donzela não o queriam como genro de jeito nenhum. Achavam que ele era um doidivanas imprestável, irresponsável, incapaz de sustentar uma família e de dar uma boa formação aos filhos que tivesse.

Ajudar três pretendentes tão diferentes, que lhe pareciam fadados à derrota, era uma missão insana que dona Quica assumira para não perder o emprego e para ganhar um bom dinheiro. Apesar de todas as suas lamúrias, trabalhar para o doutor Caio não era ruim: ele morava sozinho, passava grande parte do dia fora de casa e, desde que encontrasse as ervas medicinais e todas as coisas que queria, praticamente não lhe cobrava nada, o que lhe deixava bastante tempo livre para tratar de suas alcovitices. Quanto a ganhar dinheiro, o jovem Fenton cá e lá lhe passava uma moeda de prata, e o juiz Raso já lhe dera um bom adiantamento por conta dos serviços que ela ainda nem começara a prestar.

– Quando eu ficar velha – dona Quica falou para as almofadas que acabara de ajeitar, como se a velhice fosse uma fase ainda distante em sua vida –, vou ter um pé-de-meia suficiente para não precisar me arrebentar de trabalhar... Sim, porque ninguém pode me acusar de gastadeira...

– Falando sozinha, dona Quica?

Ela imediatamente se voltou, assustada, e deparou com Alice Ford e Meg Page plantadas na porta, coradas e risonhas.

– Oh, vossas senhorias! Que surpresa!

Tudo que dona Quica não queria era receber qualquer visita que atrapalhasse seu compromisso com Palito, mas, com sua habitual solicitude, forçou um sorriso, convidou as inesperadas visitantes a sentar e prontificou-se a ouvi-las. "Se um negócio não dá certo, pode surgir outro que dê", filosofou com seus botões. E com essa expectativa recuperou o bom humor.

4

Um passeio instrutivo

Todos os dias, antes de partir para o que chamava de suas "rondas", Frank Ford caminhava pela beira do Tâmisa. Era não só um exercício físico, mas também um fator importante para sua organização mental, pois ele aproveitava essa hora de solidão para planejar suas atividades do dia, pensar na vida, refletir sobre coisas que via pelo caminho. Cá e lá, cruzava com algum amigo ou conhecido – e praticamente todo windsoriano se encaixava numa das duas categorias – que podia tanto cumprimentá-lo apenas e seguir em frente, como parar por alguns momentos para conversar. Apesar de cortar seu fluxo de pensamento, a interrupção raramente o incomodava, pois ele tinha prazer e até uma espécie de orgulho por ser uma figura tão popular e querida.

Era um homem feliz esse ilustre windsoriano de quatro costados, cuja origem remontava à fortaleza de madeira construída por Guilherme, o Conquistador, quatro séculos antes. Ainda jovem, beirando os quarenta anos, Frank Ford era bonitão, simpático, culto e rico: tinha cofres cheios, despensas abarrotadas, muitos empregados, carruagens, cavalos de raça. Para completar, casara-se com uma mulher de excelente família, prendada e virtuosa, leal companheira de todas as horas, eternamente apaixonada e carinhosa.

E, no entanto... o monstro verde do ciúme não se afastava dele. Permanecia adormecido em grande parte do tempo, é verdade, mas de quando em quando, ao menor sinal de alarme, sempre falso, despertava e se punha a murmurar dúvidas terríveis em seus ouvidos. Não se tratava realmente de desconfiança: Ford sabia que Alice era a honestidade personificada e haveria de contar-lhe, se por acaso viesse a amar outro homem ou caísse na tentação de uma aventura. Tratava-se de não querer dividir as atenções da esposa com ninguém. Talvez por isso tivesse adiado tanto a paternidade que Alice acabou passando da idade para engravidar sem pôr a vida em risco, ainda mais naquele distante final do século XVI, quando a medicina ainda não contava com grandes recursos. Ele era, de fato, emocionalmente inseguro, como dizia Meg Page.

Nessa manhã de verão, provavelmente porque o calor já estava intenso, Ford caminhou mais de quinze minutos sem cruzar com ninguém para dar um dedo de prosa, como dizia. Já estava se acostumando com o silêncio, cortado apenas pelo canto de um ou outro passarinho, pelas remadas de um barqueiro solitário que descia o rio, pelas risadas distantes das mulheres que lavavam roupa alguns metros acima, quando um indivíduo que ele conhecia apenas de vista se aproximou com um ar contrito e misterioso. Tratava-se de um forasteiro que chegara de Londres fazia alguns meses e quase sempre era visto na companhia de João Falstaff.

– Com licença, senhor Ford – o indivíduo falou, todo respeitoso, abraçando junto ao peito um gorro ou boné mais encardido que pano de chão. – Meu nome é Bardolfo – ele se apresentou. – Eu preciso muito falar com o senhor.

Não era bem o interlocutor que Ford desejava, mas, sendo um homem educado e já se aborrecendo por não ter com quem conversar, ele se prontificou a ouvi-lo.

– Vou ser franco e direto – o forasteiro anunciou, depois de limpar a garganta com dois ou três pigarros espalhafatosos. – João Falstaff anda arrastando a asa para a senhora sua esposa – despejou de um só fôlego.

No primeiro momento, a espantosa informação o surpreendeu a tal ponto que Ford quase engasgou com a própria saliva. No momento seguinte, porém, já estava rindo do que considerava uma revelação absolutamente estapafúrdia. Todo mundo sabia que ele era ciumento, e realmente era, mas nem lhe passava pela cabeça tão "emocionalmente insegura" que pudesse haver alguma coisa entre sua esposa e qualquer outro homem, muito menos com João Falstaff.

– Ora, meu amigo, faça-me o favor! – Ford falou, sem parar de rir. – Você está redondamente enganado! Eu deveria estar possesso com você, mas essa coisa é tão engraçada que não consigo ficar com raiva. Minha esposa é a própria encarnação da virtude! E, se por acaso não fosse, ela jamais iria dar algum tipo de trela a um sujeito velho, mal-ajambrado, mal lavado, grosseiro e arrogante como João Falstaff.

– Desculpe, senhor, mas eu não disse que ela está dando trela a Falstaff – o outro ressaltou. – Longe de mim fazer qualquer insinuação contra a honra de sua excelentíssima esposa. O que estou lhe dizendo é que João Falstaff anda arrastando a asa para ela por conta própria, sem ter recebido nenhum tipo de trela.

– Também acho isso absurdo – Ford insistiu. – Para mim, que sou apaixonadíssimo por ela até hoje, dona Alice é uma rainha, uma deusa, uma eterna mocinha. Mas sei muito bem que ela já não é jovem e deixou para trás o esplendor da beleza.

– João Falstaff não se importa com esse tipo de detalhe – Bardolfo explicou. – Ele quer conquistar, não importa quem. Por isso mesmo faz a corte a mocinhas e matronas, damas e criadas, ricas e pobres. A bem da verdade, devo esclarecer que criadas e pobres só interessam a ele na falta de damas e ricas, porque, se o gosto da conquista é um fato, a possibilidade de ganhar um bom dinheirinho também influi muito na escolha da presa.

– Quer dizer que ele estaria... "arrastando a asa" para minha esposa, como você falou, não só por causa dos lindos olhos dela, mas também porque ela é uma dama abonada?

– Exatamente.

Ford parou de caminhar e ficou em silêncio por alguns instantes, esforçando-se para entender por que aquele homem, supostamente amigo de Falstaff, resolvera lhe contar essas coisas, que sem dúvida depunham contra o obeso cavaleiro. A troco de que resolvera mantê-lo informado das escusas manobras amorosas daquele velho metido a conquistador? Como o silêncio ficasse desagradável e a resposta para suas perguntas demorasse a aparecer, Ford disparou:

– Também vou ser franco e direto. Qual é seu interesse em me fazer tais revelações?

Bardolfo demorara alguns segundos para se dar conta de que Ford havia parado, de modo que se adiantara a ele cerca de uns dois metros. Mesmo assim, ouviu o comentário e a pergunta e, antes de responder, voltou atrás.

– Eu lhe agradeço a franqueza e a direiteza – declarou, num tom de convincente sinceridade. – O fato é que eu me cansei de ser capacho de Falstaff. Durante anos, fomos amigos, farreamos juntos, arrumamos encrenca em todas as tabernas de Londres. E eu sempre enfrentei sem reclamar os apuros que sofria por causa dele, sempre desculpei as ofensas que ele despejava em cima de mim, sempre engoli as humilhações que ele me fazia. Não me pergunte por quê. Acho que por amizade mesmo. Eu devia gostar muito daquele pilantra... Se não, com certeza teria me afastado dele, quando ele caiu em desgraça perante o rei...

Ford erguera a mão para afastar uma abelha que escutara zumbir perto de seu ombro, mas ficou tão perplexo com essa revelação que congelou o gesto no ar. Nunca poderia imaginar que um homem como Falstaff, aparentemente um pobretão sem eira nem beira, alojado numa estalagem de quinta categoria como A Jarreteira, havia tido um dia na vida uma posição suficientemente elevada para poder "cair em desgraça" perante o rei.

– Pois é o que lhe digo – Bardolfo prosseguiu, ciente da perplexidade de seu interlocutor, que se mantinha absolutamente mudo e imóvel. – João Falstaff é *sir*, cavaleiro, e recebeu esse título pomposo em troca dos "bons serviços" que prestou à coroa britânica e que nunca ninguém soube me explicar quais eram. Quando eu o conheci, anos atrás, ele já era *sir*. Mas o que eu vi aquele estrupício fazer não foi nada nem sequer parecido com "bons serviços"... Se fosse, eu também devia ganhar o título de *sir*. É isso mesmo, porque ajudei o ilustre *sir* João Falstaff a dar calote nas tabernas, a comprar briga sempre com gente mais fraca que nós, a arrastar o príncipe Hal para todos os antros de jogatina, todos os botecos, todos os bordéis deste reino... – Bardolfo se interrompeu por um instante e depois, balançando a cabeça, suspirou, aparentemente emocionado: – Ah, como eu me arrependo...

Ford teve a impressão de ver uma lágrima escorrer pelo rosto encardido do outro, mas não juraria que realmente a vira. Ainda estava pasmo com o teor da conversa e não tinha muita certeza de que poderia acreditar na sinceridade do forasteiro.

– Quando estava para entrar em guerra com um sujeito que queria ficar com o trono da Inglaterra – Bardolfo recomeçou, depois de novamente limpar a garganta com mais uma série de ruidosos pigarros –, o príncipe Hal mandou aquele sacripanta recrutar homens para o exército. Foi um desastre... Falstaff gastou na farra quase todo o dinheiro que recebeu para contratar os soldados. O que sobrou só deu mesmo para arrebanhar um bando de gente que não servia nem para recolher os defuntos no fim da refrega... O senhor precisava ver os rebotalhos que o vigarista arrumou... Mendigos, delinquentes, bêbados, pobres-diabos que nunca tinham pegado numa arma...

– Mas, entre os homens válidos, não havia ninguém que se prontificasse a lutar pelo príncipe? – Ford quis saber.

– Parece que não, pois Falstaff encheu os bolsos e o cofre com as propinas que recebeu de muito homem "válido", como o senhor diz, que não queria, de jeito nenhum, perder a vida ou um braço ou um olho lutando pela coroa... A verdade é que nós, o povo, não estávamos nem um pouco interessados no destino do príncipe Hal. Para nós, tanto fazia como tanto faz que o governante seja esse ou aquele, porque, seja ele quem for, vai explorar a gente do mesmo jeito... São todos um bando de ladrões...

Ao escutar esse disparate, Ford precisou morder a língua para não tentar mostrar a seu alienado interlocutor que, quando o povo se interessa por política, acompanha com atenção as decisões do parlamento, reclama do que considera errado, cobra bons resultados, aplaude o que acha certo, a vida de todos pode melhorar muito. Ford teve vontade de lembrar a Bardolfo que, sendo uma monarquia parlamentarista desde o século XIII, quando se institucionalizou o parlamento, que, formado por representantes da nobreza, do clero e da plebe, restringia, ao menos teoricamente, os poderes do rei e das classes privilegiadas, a Inglaterra tinha condições invejáveis para dar voz ao povo, mas era necessário que o povo quisesse de fato ter voz. Apesar da vontade, Ford se absteve de tocar nesse assunto fascinante – e importantíssimo – porque, como a maioria dos cidadãos no mundo inteiro, estava voltado para seus próprios interesses, que, nesse exato momento, resumiam-se em descobrir tudo que pudesse sobre o "pilantra" que andava "arrastando a asa para sua esposa".

– Bom, de qualquer modo – o outro continuou –, a ralé em peso foi lutar, só para ganhar uns trocados. Claro que alguns homens "válidos", como o senhor diz, também foram, mas eram tão poucos que praticamente não fizeram diferença nenhuma. O fato é que, se dependesse do tal exército que Falstaff arrumou, o príncipe Hal nunca chegaria ao trono. Foi preciso o rei Henrique IV interferir rapidinho para salvar a coroa, pois, quando a primeira batalha contra o candidato a usurpador terminou, sobraram só três coitados daquela turma toda para contar a história... apesar de que estavam completamente estropiados. Quanto a *sir* Falstaff, quando a coisa realmente ficou preta para o lado do príncipe, fingiu-se de morto para que o inimigo não o matasse. O príncipe o repreendeu por tamanha covardia e tentou fazê-lo entender que o que um homem tem de mais sagrado é a honra, mas ele não se abalou. Disse que mais valia ser um covarde vivo que um corajoso morto e fez um discurso a respeito da honra: que honra não enche barriga, não conserta perna quebrada, não paga as contas, não cura doença nenhuma, e por aí afora. "Honra é só uma palavra", ele falou. "Só uma palavra..." – Bardolfo balançou a cabeça, visivelmente contristado, e prosseguiu: – Nessa época, o rei já estava bem doente, à beira da morte mesmo, e, quando soube das últimas safadezas de Falstaff, chamou o príncipe herdeiro e lhe passou um tremendo sermão. Lembrou que logo ele estaria governando o reino, teria grandes responsabilidades nas costas e não poderia, de jeito nenhum, conviver com um indivíduo tão desprezível.

– Como é que você sabe disso? – Ford perguntou, achando muito esquisito que Bardolfo tivesse acesso ao quarto do monarca moribundo.

– Eu sei porque um conhecido meu, que na época era camareiro do rei, vivia escutando atrás da porta e me contou essa história toda. Ele me disse que Henrique IV ordenou ao filho que rompesse de vez com Falstaff e, para ter certeza de que o rompimento seria definitivo, fez Hal jurar que haveria de banir Falstaff da corte. Não sei se aquele destrambelhado finalmente caiu em si, ou se apenas cumpriu o juramento, mas o fato é que, assim que se tornou Henrique V, agiu exatamente como o pai lhe havia ordenado.

– E baniu Falstaff?

– Ah, sim, senhor. Depois da repreensão do príncipe, Falstaff achou melhor desaparecer por um tempo, até mesmo porque, estando desaparecido, não haveria de ser convocado para lutar. No entanto, quando soube da morte do rei e da coroação do antigo amigo, ele voltou a Londres, certo de que haveria de receber um alto cargo na corte, com os rendimentos condizentes. E deu com os burros n'água, como se diz por aí. "Não te conheço, encrenqueiro", o novo rei falou para ele, quando o malandrão teve o desplante de entrar no palácio.

– Como é que ele entrou no palácio, se estava banido? – Ford estranhou.

– Os guardas do palácio ainda não sabiam que ele estava banido. Aliás, oficialmente ninguém sabia do banimento. O novo rei tinha guardado segredo sobre isso só para ter o gostinho de jogar a decisão na cara de pau de Falstaff.

– E de Londres ele veio direto para Windsor?

– Exatamente. E, como saiu da corte com as pouquíssimas coisas de valor que tinha conseguido surrupiar, agora ele precisa arrumar dinheiro de qualquer modo para poder alimentar aquela pança monumental e se abastecer do rico xerez espanhol... Aquele pinguço é até capaz de ficar sem comer, o que para ele é o sacrifício dos sacrifícios, mas sem xerez ele não passa...

Tendo dado essa última informação, Bardolfo agradeceu a atenção que Ford lhe dispensara, arrumou na cabeça ensebada o gorro ou boné encardido que segurara de encontro ao peito durante toda a conversa e afastou-se.

"Agora só falta contar a mesma história para Tom Page e esperar para ver como um par de maridos ciumentos há de punir um rematado tratante", pensou.

5

A alcoviteira em ação

Assim que mal e porcamente varreu a casa, lavou quatro peças de roupa e preparou um almoço que não conseguiria despertar apetite nem no mais comilão dos porcos, dona Quica foi tratar de arrumar-se com todo o aprumo possível (o que não era muito) para ir até A Jarreteira e dar o pontapé inicial no jogo de armadilhas e armações cuidadosamente planejado por Meg e Alice para infligir a *sir* João Falstaff a punição que ele, com toda a justiça, merecia.

Os cidadãos honestos de Windsor não gostavam nem um pouco de ir a A Jarreteira; ao contrário, se pudessem, não passariam sequer na porta dessa estalagem de péssima fama, frequentada quase exclusivamente por forasteiros, indivíduos que nenhum deles conhecia, mas dos quais todos desconfiavam. Parecia que a desconfiança em relação aos "estrangeiros" – ainda que fossem ingleses e proviessem de Londres, a quarenta quilômetros de distância – estava arraigada no coração dos windsorianos, desde que se entendiam por gente.

Dona Quica não endossava inteiramente essa desconfiança e tampouco via A Jarreteira como um reduto de maus elementos – que incluíam desde bêbados inofensivos até criminosos foragidos da justiça. De acordo com sua própria escala de valores morais, só se esquivava de pessoas que não a remuneravam devidamente por seus preciosos préstimos (preciosos, é claro, segundo ela mesma). Para a velha alcoviteira não havia a menor diferença entre a virtuosa casa de Alice Ford e o sórdido (em todos os sentidos) estabelecimento de Edu Marmelo. Até porque agora os dois lugares estavam intimamente relacionados, e o traço em comum entre eles era a rotunda figura de João Falstaff, candidato a destruidor de lares e esvaziador de cofres alheios.

De qualquer modo, já que para os windsorianos de boa cepa A Jarreteira não passava de um covil de celerados, dona Quica resolveu tirar do baú seu melhor traje (o que não significava grande coisa), arrumar-se como uma verdadeira dama (o que era praticamente impossível) e entrar na desacreditada estalagem com toda a pompa, circunstância e dignidade de que fosse capaz (o que não chegava a alto nível em nenhuma das três categorias). Assim, enfiou-se a custo num vestido de veludo marrom com punhos e gola de renda bege que ganhara de uma condessa francesa a quem prestara serviço numa ocasião e que não fazia o menor sentido no calor intenso do alto verão; cravou no topo da cabeça uma coisa verde que tanto podia ser uma touca de bebê fora de lugar quanto um solidéu de padre, igualmente fora de lugar; e calçou umas botinas cor de açafrão que lhe apertavam os pés como torniquetes e rangiam a cada passo como gonzos enferrujados. Por fim, aplicou em cada orelha duas gotas de uma loção duvidosamente perfumada, pegou a bolsa, que, na verdade, era apenas um saco de flanela azul fechado e franzido por uma dupla de cordões de algodão, muniu-se do guarda-chuva (ou sombrinha, já que não havia sinal de nuvem no céu impecavelmente azul) e lá se foi, toda pimpona (apesar de esconjurando o diabo do calor).

O estalajadeiro de A Jarreteira, um tratante do mesmo naipe que ela, recebeu-a como recebia a todos os que chamava de "digníssimos clientes" de seu "modesto estabelecimento" – ou seja, com mesuras e rapapés.

– Muito boas tardes – dona Quica falou, com a postura empertigada e o tom afetado que atribuía às verdadeiras damas. – Vossa senhoria poderia me fazer a gentileza de chamar seu ilustre pensionista João Falstaff? Preciso muito falar com ele.

– É pra já, madame. Acomode-se, por favor. A casa é sua.

Suando às bicas dentro daquele invólucro de veludo em forma de vestido, dona Quica não esperou um segundo convite para aboletar-se a uma das mesas. Ato contínuo, esquecendo-se da personagem que decidira representar, agarrou uma jarra de cerâmica que ali estava e praticamente a entornou no rosto, o que lhe proporcionou um alívio muito bem-vindo, embora efêmero.

– Ai, que calor... – suspirou, lambendo a água que, ao escorrer-lhe pela cara, havia como que empoçado em seu buço viçoso.

Ainda repetiu a operação umas duas ou três vezes, até *sir* João Falstaff finalmente dar o ar de sua presença. O que não era pouca coisa, muito pelo contrário. O ilustre pensionista de A Jarreteira até que adquirira uma certa semelhança com um tonel de xerez, sua bebida predileta: estreito na tampa – ou seja, na cabeça –, alargando-se numa forma bojuda até alcançar a circunferência máxima na região abdominal e novamente se estreitando à medida que se aproximava da base – ou seja, de uns pés pequenos demais para sustentar uma estrutura tão redonda e pesada. E seu traje – uma camisa que talvez devesse ser branca, mas apresentava uma coloração indecisa entre o pardo e o cinza, e umas calças bufantes de sarja azul que por certo haviam tido melhores dias – não contribuía em nada para torná-lo uma figura minimamente apresentável. Nem poderia, pois a cara do homem era quase repulsiva, emoldurada por uma barba grisalha, completamente ensebada, e uns parcos fios de cabelo grudados na testa pela sujeira e pelo suor.

"E esse pobre-diabo pretende plantar um par de chifres na cabeça de Frank Ford e outro na cabeça de Tom Page...", dona Quica pensou, mas prontamente se levantou e curvou-se diante dele, numa exagerada reverência.

– Muito boas tardes – cumprimentou-o. – Venho da parte de madame Alice Ford – cochichou, olhando para todos os lados, como se temesse que alguém escutasse a conversa. – Onde podemos conversar em particular? O que eu tenho para dizer para vossa senhoria é altamente "confindençal".

"'Confidencial', sua anta!", Falstaff teve vontade de corrigi-la, porém, num raro gesto de generosidade e delicadeza, que sem dúvida se devia à menção do nome de Alice, absteve-se de ofendê-la.

– Podemos conversar naquele cantinho – propôs, apontando uma mesa pequena, no fundo da estalagem. – Ali ninguém vai nos ouvir, dona... Desculpe, não sei seu nome.

– Sou a senhora Quickly, mas todo mundo me chama de dona Quica. É mais carinhoso... – ela explicou.

– Pois muito prazer, dona Quica – Falstaff disse, apertando a mão vermelha e suada que ela lhe estendia. – Vamos nos acomodar, por favor – acrescentou, conduzindo-a até a mesa que escolhera. – Posso lhe oferecer um xerez, minha senhora? – perguntou, todo solícito, ao mesmo tempo que a ajudava a sentar-se.

Se não fosse uma mulher tão experiente e já não tivesse visto tanta calhordice na vida, dona Quica teria até se comovido com tamanha gentileza, apesar de partir de quem partia. O fato era que até então nunca ninguém havia puxado a cadeira – no caso, o banquinho – para ela sentar-se e muito menos lhe oferecera xerez, que, em seu entender, era bebida de gente rica e bem-nascida.

– Oh, vossa senhoria me deixa muito "linzonjada" com tanta "minzura"... Aceito, sim... e agradeço... – ela falou.

"'Linzonjada' deve ser 'lisonjeada' e 'minzura' só pode ser 'mesura'... Mas que mulher ignorante...", Falstaff pensou. E, como que transferindo sua irritação de dona Quica para Edu Marmelo, ordenou ao estalajadeiro, com absoluta arrogância:

– Sirva um xerez para nós e fique longe de nossa mesa.

– É pra já, senhor – o estalajadeiro respondeu, prestativo como sempre, mas resmungando com seus botões: "Quero só ver quando ele vai pagar tanto xerez... A conta desse barrica já está tão gorda quanto ele...".

Assim que Edu Marmelo se afastou, depois de colocar na mesa duas canequinhas de barro, meio cheias de xerez, dona Quica tomou seu vinho praticamente de uma golada só.

– Vossa senhoria tem certeza de que ninguém vai escutar a conversa? – ela mais uma vez cochichou.

– Tenho – Falstaff igualmente cochichou. – Ninguém aqui é tonto para bisbilhotar meus atos! – esbravejou, voltando-se para o estalajadeiro, que, profissional competente como era, prudentemente já havia se retirado para o outro lado do salão. – Pode falar sossegada – disse para dona Quica, em voz baixa. – Sou todo ouvidos.

Ela acabou de esvaziar sua canequinha de xerez, estalou a língua com evidente satisfação e se pôs a desfiar a história que havia combinado com Alice e Meg:

– Madame Ford, uma senhora muito boa, a quem tenho a honra de servir, ficou adivinhando passarinho verde, quando...

– Adivinhando o quê? – Falstaff interrompeu-a, intrigado com uma expressão tão esquisita.

– Adivinhando passarinho verde – dona Quica repetiu, sentindo-se engrandecida por usar termos que seu interlocutor desconhecia. – Minha mãe falava muito isso. "Singuifinica" que a pessoa está feliz da vida. Vossa senhoria gostou?

– Gostei muito – Falstaff respondeu, acrescentando mentalmente: "Mas é uma pena que isso 'singuifinica', e não 'significa'".

– Pois então, como eu ia dizendo – ela recomeçou –, madame Ford ficou feliz da vida quando recebeu a carta que vossa senhoria mandou para ela.

Ao ouvir isso, Falstaff se refestelou em seu banquinho – na medida do possível, pois não dispunha nem de apoio, nem de espaço suficiente para realmente se refestelar – e acariciou o bigode, como se também estivesse "adivinhando passarinho verde".

– Isso foi uma coisa "incipicional" – dona Quica prosseguiu, mais uma vez assassinando a língua, ao desfigurar por completo a palavra "excepcional". – Sim, porque eu nunca tinha visto a madame tão "arvoçorada". Nem quando os fidalgos que nem vossa senhoria vêm para Windsor e a cidade inteira "frivia"...

A essa altura, com tantos erros se encadeando, Falstaff precisou de um tempo para entender que "arvoçorada" queria dizer "alvoroçada" e "frivia" era "fervilha". "Por que essa velha analfabeta tem de complicar a vida dela e de quem é obrigado a escutá-la?", ele se perguntou. "Podia trocar essas palavras que são tão difíceis para ela pelas que fazem parte de seu vocabulário habitual... Seria muito mais fácil compreendê-la..." E com tais pensamentos perdeu um trecho do relato, pois, quando voltou a prestar atenção em dona Quica, ela estava dizendo:

– ... uma carruagem atrás da outra parava na porta dela, ou o lacaio de um fidalgo ia até lá para levar uma carta, um buquê de flor, uma joia, uma roupa bonita. Ela não aceitava nada, recusava tudo. Não queria saber dessas galantarias, que...

– De quê...? – Falstaff mais uma vez a interrompeu, agora pasmo por ouvir ao menos uma palavra "difícil" pronunciada corretamente.

– Galantarias – dona Quica repetiu, sem errar e também sem atinar com o verdadeiro motivo do espanto de Falstaff. – Para ela tudo isso era armadilha de pegar rolinha, ou, no caso, pegar mulher "dispirvinida". Ah, não. Ela se mantinha firme e forte na "findilidade bissoluta" ao marido dela. Posso jurar...

Mais uma vez Falstaff teve de desviar sua atenção do discurso de dona Quica para traduzir, por assim dizer, "dispirvinida" por "desprevenida" e "findilidade bissoluta" por "fidelidade absoluta". Quando conseguiu concentrar-se novamente naquela verdadeira máquina de produzir erros, percebeu que lhe haviam escapado mais algumas palavras.

– ... nem unzinho daqueles fidalgos bem-vestidos, bem-cheirosos, bem-falantes nunca recebeu de madame Ford nem mesmo um olhar. Eu sei dessas coisas porque madame é muito minha amiga e me conta tudo – explicou – e também porque muitos deles me procuram para ajudá-los. Mas imagine se eu vou ajudar um pilantra qualquer a tirar do bom caminho uma esposa honrada... Nem que ele quisesse me dar o tesouro do pirata... Hoje mesmo um daqueles grã-finos de Londres que vêm se exibir por aqui me ofereceu vinte moedas de ouro para eu arrumar um encontro com ela. Claro que eu não aceitei, pois não aceito pagamento por serviço que eu não posso fazer – garantiu, balançando a cabeça energicamente de um lado para o outro e assumindo uma expressão de solteirona virtuosa. – Agora, no caso de vossa senhoria é uma coisa muito diferente... – emendou, toda sorridente, e, depois de uma breve pausa, fechou a mão para logo abri-la, dedo por dedo, enumerando os supostos motivos que a levavam a considerar Falstaff "diferente" dos pretendentes fictícios: – Primeiro, porque eu já percebi que vossa senhoria se derrete todo quando vê madame passar. Segundo, porque a carta que vossa senhoria mandou para ela é uma beleza... uma verdadeira poesia... a declaração de amor mais linda que eu já tive a chance de ler em toda a minha vida... – concluiu, fingindo-se emocionada demais para prosseguir e enxugando com o punho de renda uma lágrima inexistente.

Sua excelente representação convenceu plenamente Falstaff, deixando-o exultante e, ao mesmo tempo, perplexo: em sã consciência, havia usado o que considerava todo o seu "charme de conquistador irresistível" para impressionar Alice Ford (e, aliás, também Meg Page, e muitas outras antes delas), porém até então não esperava produzir um efeito tão devastador (ao menos em dona Quica).

– E madame Ford também se comoveu? – perguntou.

– Oh, sim! – dona Quica respondeu, superando prontamente a falsa comoção. – E tanto se comoveu que me mandou aqui justamente para agradecer a vossa senhoria e lhe pedir que vá à casa dela amanhã de manhã, entre dez e onze, porque nesse horário o marido dela nunca está em casa. Ele sai para caminhar na beira do rio e depois vai fazer as "rondas", como ele diz, o que "singuifinica" que vai visitar os rendeiros, um pessoal que tem plantação e cria gado nas terras dele, só para ver se está tudo "nos conformes". Às vezes ele chega em casa pouco antes do meio-dia, às vezes sai à tarde também, mas nada disso é garantido. O único horário garantido mesmo é das dez às onze.

Certo de que seu plano de conquistar o cofre de Frank Ford por meio de Alice Ford caminhava às mil maravilhas e não haveria de falhar, Falstaff agora ansiava por saber que efeito sua carta produzira em Meg Page, mas hesitava em perguntar, pois até o momento nada indicava que dona Quica estava a par desse duplo assédio, e ele não queria dar a impressão de que atirava para todo lado as setas de seu encanto imaginário.

– Madame Meg também recebeu a carta de vossa senhoria – dona Quica informou, como se tivesse lido seus pensamentos. – E também ficou muito comovida... só que... não me mostrou a carta, de modo que não posso dizer que era tão linda quanto a outra. Vossa senhoria está apaixonado pelas duas?

Falstaff revirou os olhos e suspirou, em parte porque ficou aliviado de não ter de perguntar sobre Meg e, em parte, porque queria convencer dona Quica de que realmente estava dividido entre as duas adoráveis senhoras, ambas merecedoras de sua ardente paixão.

– Infelizmente... – respondeu. – Estou tão perdidamente apaixonado por elas que, no presente momento, não tenho a menor capacidade de escolher entre uma e outra...

"Pois sim", dona Quica resmungou consigo mesma. "Está é em cima do muro, esperando para ver qual das duas vai cair nessa conversinha barata..."

– Como é que vossa senhoria haveria de poder escolher entre duas senhoras tããão ma-ra-vi-lho-sas...? – ela falou, juntando as mãos para reforçar ainda mais a ênfase que colocou nas duas últimas palavras. – Eu também ficaria na dúvida, se fosse homem. De qualquer modo, vossa senhoria há de fazer as duas felizes. Porque cá entre nós... – cochichou, debruçando-se sobre a mesa como se fosse revelar um terrível segredo – ... aqueles maridos são um horror. Frank Ford é ciumento de dar medo, traz a madame Alice a rédea curta, sempre vigiando, sempre desconfiado... Ainda bem que ele tem esse costume de caminhar e fazer as "rondas" toda manhã, pois, se não fosse isso, vossa senhoria ia ter muita dificuldade para ficar sozinho com aquela santa. E Tom Page é um sujeito muito distraído, do tipo que esquece o aniversário da mulher, nunca dá um presente para ela, nunca faz uma bonita declaração de amor para a coitadinha, nunca lhe manda nem mesmo uma flor... E o pior é que ele praticamente não sai de casa nunca; não sei como ela e vossa senhoria hão de fazer para se encontrar... – acrescentou. – Mas os defeitos deles são só esses mesmos, que eu saiba. De resto, são muito ricos e completamente mãos-abertas, deixando as esposas fazerem o que quiserem com o dinheiro deles – ressaltou, lembrando que um elemento essencial do plano tramado por Alice e Meg era a menção à fortuna dos respectivos maridos e à facilidade com que elas tinham acesso aos cofres de ambos.

– Bom, não deixa de ser uma compensação para as pobrezinhas – Falstaff comentou, cada vez mais contente com o auspicioso andamento de seu projeto.

Dona Quica levantou-se, apoiando-se na mesa, e estendeu a mão roliça, que por uma fração de segundo o cavaleiro hesitou em apertar.

– Então, até mais ver – ela falou. – Posso avisar madame Alice que o senhor estará na casa dela amanhã, entre dez e onze horas?

– Com toda a certeza!

6

Por uma boa causa

Depois de passar o dia inteiro meditando sobre as revelações que Bardolfo lhe fizera e sobre a melhor maneira de recolocar no devido lugar o tal *sir* João Falstaff, Frank Ford finalmente conseguiu elaborar um plano de ação que lhe pareceu bastante razoável. O único inconveniente era que, para realizá-lo, precisava contar com a colaboração de Edu Marmelo e, para obter essa colaboração, precisava dar um pulo na famigerada A Jarreteira. Só mesmo sua boa causa poderia levá-lo a colocar seus virtuosos pés naquele estabelecimento imundo sob todos os aspectos, antro de perdição perfeitamente digno de Falstaff, segundo o relato de Bardolfo. E foi por sua boa causa que, ao cair da tarde, Ford rumou para A Jarreteira como se estivesse indo para a forca.

Apesar de absolutamente pasmo com sua inesperada visita, Edu Marmelo recebeu-o com as mesmas mesuras que dedicava a todos os demais clientes e lhe ofereceu o que qualificou como "a melhor mesa da casa", mas, como dizia isso a todos, o título não tinha o menor valor.

– Não há necessidade de mesa – Ford falou. – Na verdade, eu não estou aqui para beber, nem para comer, mas para lhe fazer uma proposta.

– Pois sou todo ouvidos – o estalajadeiro respondeu, solícito como sempre.

– Eu lhe dou uma barrica do melhor xerez espanhol para que você me apresente a seu hóspede, *sir* João Falstaff, como Francis Fontes. Posso lhe assegurar que se trata de uma simples brincadeira, que agora não posso lhe explicar, porém mais tarde você ficará sabendo do que se trata.

Edu Marmelo estava literalmente boquiaberto. Não com a

proposta em si, que, na verdade, não era nada diante das tramas e tramoias dos meliantes que habitualmente frequentavam A Jarreteira. Mas com o fato de ela partir de quem partia, o que, a seu ver, eliminava qualquer possibilidade de melhoria no tocante à humanidade. O que poderia esperar de seus semelhantes, se nem mesmo um homem honrado como Frank Ford estava imune à corrupção? Sim, corrupção, porque na verdade aquele modelo de virtude que os pais apontavam aos filhos, aquele cidadão impecável, merecidamente respeitado e querido por toda Windsor, estava tentando suborná-lo com xerez para ser apresentado sob falsa identidade a uma terceira pessoa. Corrupção das grossas...

– Tudo bem – o estalajadeiro concordou, pensando que o mundo estava mesmo perdido, irremediavelmente. – Quer que eu faça isso agora?

– Agora mesmo, se for possível.

– Já vou chamar *sir* Falstaff – Edu anunciou, afastando-se a passos largos.

Enquanto aguardava, Ford recapitulou mentalmente o plano que havia elaborado ao longo do dia, como um estudante antes da prova, para certificar-se de que não deixaria de lado nenhum detalhe importante. Não desconfiava realmente que Alice pudesse traí-lo com quem quer que fosse, muito menos com aquele forasteiro obeso, convencido, arrogante e permanentemente ensebado. Mas queria tirar toda aquela história a limpo. "Se ela não tem culpa no cartório, como acho que não tem e espero que não tenha, o esforço vai servir para me provar por A mais B que sou mesmo um cretino de suspeitar de Alice", pensou. "Por outro lado, se ela está a fim de enfeitar minha cabeça com um par de chifres, o esforço também valerá a pena, porque vai me mostrar que casei com a mulher errada e que devo repudiá-la antes que a cidade inteira ria de mim. Será muito duro para mim, mas pelo menos não hei de fazer papel de bobo diante de toda Windsor."

Nesse momento, como se tivessem combinado, Edu

Marmelo voltou, conduzindo João Falstaff, apresentou os dois homens com toda a solenidade e afastou-se discretamente, pois fazia parte de sua política nunca se intrometer nos assuntos da freguesia, contanto que tais assuntos não prejudicassem seus próprios interesses. O que não o impedia de, a certa distância, disfarçadamente, tentar ouvir as conversas de todo mundo a fim de armazenar as informações no arquivo de sua memória prodigiosa e utilizá-las conforme a conveniência e o potencial de render-lhe dinheiro ou favores.

– A que devo a honra de sua visita, senhor Francis Fontes? – Falstaff perguntou, todo empertigado, a barrigona estufada.

– Em primeiro lugar – o falso Francis Fontes começou –, a minha grande vontade de conhecer um cavaleiro tão famoso. Desde que cheguei a Windsor, há exatamente cinco semanas, só escuto falar muito bem do senhor. Preciso conhecer essa ilustre figura, pensei, mas, por uma coisa e outra, acabei tendo de protelar esse encontro. E a isso se deve o segundo motivo de minha visita. Pedir que o senhor me perdoe por ter demorado tanto a vir cumprimentá-lo e, se me perdoa, que aceite este humilde presente – acrescentou, entregando-lhe uma garrafa de xerez.

Mais que depressa, Falstaff agarrou a garrafa com as duas mãos, como se estivesse pegando uma caixa de moedas de ouro.

– É um presente muito bem-vindo, senhor Fontes – falou, feliz da vida. – Vamos nos sentar ali perto daquela janela e tomar um trago – propôs, já se encaminhando para uma das mesas.

– Em terceiro lugar – Ford-Fontes recomeçou, acompanhando-o –, vim aqui para lhe pedir um imenso favor.

Os dois homens se sentaram ao lado de uma vidraça com caixilhos de ferro batido que implorava por uma boa limpeza, opaca que estava com a sujeira que, pelo jeito, ali se acumulara ao longo de anos. Falstaff imediatamente abriu a garrafa, ordenou ao estalajadeiro que lhe levasse dois copos e preparou-se para ouvir o visitante.

Ford-Fontes esperou que Edu Marmelo atendesse a seu rotundo anfitrião e, depois de tomar um gole do excelente xerez andaluz, explicou o que queria:

– Meu caro senhor, encontro-me numa situação muito delicada e conto com sua compreensão e sua famosa inteligência para me ajudar. O caso é que estou perdidamente apaixonado por uma senhora lindíssima, elegantíssima, finíssima...

"Xi, parece que nosso amigo aqui adora um superlativo...", Falstaff pensou. "Como se não me bastasse ouvir as batatadas daquela ignorante dona Quica, tenho agora de aguentar os '-íssimas' deste panaca... Espero que me recompense bem, porque, para andar tão bem-vestido e para me dar este soberbo xerez, esse sujeito deve ter dinheiro de sobra..."

– ... e, infelizmente, casadíssima – Ford-Fontes acabava de enumerar algumas das elogiosíssimas virtudes da senhora em questão. – O problema é que essa dama excelentíssima é casada. Ah, *sir* Falstaff, parece praga que me rogaram... – suspirou. – Poucas vezes na vida me apaixonei e sempre por mulheres casadas... Que destino o meu...

– Calma, meu caro – Falstaff procurou consolá-lo, assumindo uma postura paternal. – Prossiga, por favor...

O visitante tomou mais um gole do xerez, pensando que deveria ter comprado um vinho menos caro, porém logo refletindo que o investimento era importante para o bom êxito de seu plano, que lhe proporcionaria paz de espírito, se confirmasse a fidelidade de Alice, ou lhe permitiria continuar andando de cabeça erguida, se comprovasse a traição da esposa.

– Assim que cheguei a Windsor, vi essa senhora passeando junto ao rio, de braço dado com um homem alto, meio grisalho, muito bem-apessoado. Perguntando cá e lá, com muito cuidado para não despertar suspeita, soube que a dama se chama Alice e é casada com Frank Ford, um sujeito podre de rico, que não precisa mover uma palha para manter a si mesmo, à mulher e à criadagem. Quanto a isso, posso lhe garantir que não o invejo nem um pouco, pois também vivo de rendas, tenho muitos camponeses cultivando as terras que herdei de meu avô e, desde que me entendo por gente, sempre nadei em dinheiro. Digo isso para lhe deixar claro que, se o senhor se prontificar a me ajudar, será muitíssimo bem recompensado...

Falstaff precisou se esforçar para não esfregar as mãos de contentamento ante a perspectiva de receber uma polpuda soma, que o habilitasse a pagar suas numerosas dívidas e ainda comprar tantos tonéis de xerez quanto os andaluzes conseguissem produzir.

– Ora, meu caro – falou, em seu tom mais bajulador –, ajudá-lo já será para mim uma ótima recompensa...

"Pois sim, calhorda", Ford-Fontes resmungou consigo mesmo, "você não me parece nem de longe o tipo de gente que ajuda sem interesse próprio..."

– Como eu ia dizendo – continuou –, apaixonei-me por essa dona Alice tão logo a vi e desde então ando por aí gratificando regiamente criadinhas e cocheiros para que me informem a que horas ela vai à igreja ou ao orfanato... eu soube que ela e uma amiga cuidam de umas crianças órfãs... – esclareceu, num tom que expressava a mais profunda admiração. – Pago o que seja para saber qual é a cor favorita de minha deusa, o perfume que ela usa, sua música predileta, a comida de que ela mais gosta, a flor que ela mais aprecia... Ah, meu caro senhor Falstaff, penso nela, suspiro por ela, sonho com ela noite e dia... – lamentou, levando ambas as mãos ao peito.

Aos olhos de Edu Marmelo, que discretamente o observava lá do outro lado do salão, Ford estava engraçado (para não dizer ridículo) em seu papel de perdido de amor. Pelo que sabia de ouvir dizer, tratava-se de um homem extremamente sério, até mesmo sisudo, incapaz de soltar uma piada sobre o que quer que fosse. Além disso, era evidente que já passara da idade em que as pessoas em geral e os homens em particular se apaixonam perdidamente, como ele queria fazer crer.

Quanto a Falstaff, interessado na recompensa que o outro mencionara, não se permitia duvidar, por uma fração de segundo sequer, da absoluta autenticidade e do poder avassalador da paixão demonstrada por seu visitante por meio de suspiros, gestos grandiosos e olhos revirados.

– Ela não lhe deu esperança nenhuma? – perguntou, mostrando-se desolado com a aflição do pobre enamorado.

Ford-Fontes limitou-se a abanar a cabeça lentamente, com os lábios franzidos, a desolação expressa em cada poro do rosto. Em seguida, porém, crente de que estava representando seu papel melhor que o melhor ator da Inglaterra, levantou-se e abriu os braços com tanta veemência que por pouco não acertou a mão direita na testa de Falstaff e a esquerda na vidraça imunda.

– "Tal qual sombra o amor escapa, quando o persegue a abastança. A quem lhe foge, ele persegue; de quem o persegue, ele foge." –, declamou em alto e bom som, como se realmente estivesse no palco. – É exatamente o que acontece comigo... – concluiu, produzindo uma espécie de gemido ou de soluço, e voltou a sentar-se.

– O que o senhor falou sobre o amor não deixa de ser uma grande verdade – Falstaff comentou, já meio impaciente para saber qual seria seu papel naquela história. – Mas ainda não entendi em que posso ajudá-lo.

– Já vou lhe explicar. Várias pessoas me disseram que, embora ela se comporte em relação a mim como a própria encarnação da virtude e sequer se permita sorrir em minha presença, é tão expansiva com uns e outros que chega a dar motivo para se falar ou, no mínimo, pensar mal dela. E é justamente aí que o senhor entra. Pois todo mundo me falou que o senhor é um perfeitíssimo cavalheiro, estudou nos melhores colégios, cursou mais de uma faculdade, conhece uma infinidade de assuntos e discorre admiravelmente bem sobre eles. Além disso, vejo que é um homem belíssimo, elegantíssimo, distintíssimo, simpaticíssimo...

"Agora essa enfiada de '-íssimos' se justifica plenissimamente", Falstaff pensou, encantadíssimo por ouvir tantos elogios sobre si mesmo.

– Bondade sua – falou, tentando se mostrar modesto.

– Pois quero que use todas essas qualidades, que não se encontram em qualquer esquina, muito pelo contrário, para conquistar a dama de meu coração.

Falstaff acabava de estender a mão para pegar a garrafa de xerez e tornar a encher os copos, mas se surpreendeu tanto com a proposta que ficou imóvel como uma estátua.

– Não estou entendendo mais nada... – murmurou.

Antes de expor-lhe sua suposta estratégia, Ford-Fontes tirou do bolso do casaco uma pequena bolsa de veludo marrom e colocou-a sobre a mesa.

– Acompanhe meu raciocínio, por favor. Comigo ela se mostra uma fortaleza de honradez e com os outros parece leviana, embora até o momento ninguém possa afirmar que tenha dado um mau passo. Diante disso, eu simplesmente não tenho a coragem de me apresentar e declarar-lhe meu amor. Sei que vou ficar vermelho como um tomate, encabulado como um adolescente diante da primeira namorada, e não conseguir dizer coisa com coisa. Agora, se o senhor, com seu infinito poder de sedução – ressaltou, ciente de que estava inflando ainda mais o ego de Falstaff, já por si mesmo de bom tamanho –, preparar o caminho, vou me sentir bem mais seguro e confiante, pois já terei ao menos um precedente de fonte fidedigna e bons argumentos para lhe falar de amor. Percebendo que eu sei que ela já cometeu algum deslize, por mínimo que seja, ela certamente não vai se fazer de difícil comigo, vai baixar a guarda, e eu vou poder tomar de assalto aquela fortaleza. Não é simples? – perguntou retoricamente, pegando a bolsa de veludo para balançá-la diante do obeso cavaleiro. – E em troca de seus preciosíssimos préstimos, o senhor receberá, para começar, este pequenino adiantamento sobre sua polpuda recompensa. O que me diz?

– Digo que tomo a liberdade de aceitar seu dinheiro – Falstaff respondeu, agarrando a bolsa com ambas as mãos. – Pois pode estar certo, assim como dois e dois são quatro, de que em breve a virtuosa senhora Alice Ford estará em seus braços.

– Ah, meu bom amigo! Não sei como lhe agradecer...

Segurando a bolsa junto ao peito e acariciando-a como se fosse uma criança adormecida, Falstaff revelou que, no dia seguinte, entre dez e onze horas, iria visitar Alice.

– Ela mesma me convidou – esclareceu. – Ainda há pouco, esteve aqui uma senhora muito simpática, que me transmitiu o convite e me contou umas coisinhas bem interessantes sobre o tal senhor Ford, um perfeito idiota, pelo jeito, terrivelmente ciumento e, contudo, incapaz de enxergar um palmo adiante do nariz – completou, antes de finalmente encher seu copo de xerez para esvaziá-lo de uma só golada.

– O senhor o conhece? – o falso Fontes quis saber.

– Pessoalmente não.

– Seria interessante que o conhecesse, para não cruzar com ele por aí...

– Não sei por quê... Ele é que deve se cuidar para não cruzar comigo, pois sou bem capaz de reduzi-lo a pó... Palavra de honra, meu caro, vou acabar com aquele imbecil e entregar a mulher dele de bandeja para o senhor. Aperte aqui...

Por um instante, Ford ficou paralisado, sem saber se agarrava o outro pela gola ensebada e o fazia engolir o que acabara de dizer, se o esmurrava até sangrá-lo, se corria para casa e assassinava a suposta traidora ou se mobilizava toda a sua racionalidade, agora quase adormecida, para reprimir esses impulsos homicidas, recuperar um pouco de calma e prosseguir com a farsa que lhe permitiria apurar a verdade antes de tomar qualquer outra atitude. Enfim, o bom senso falou mais alto: num esforço extraordinário, ele sufocou as emoções que pareciam destroçá-lo por dentro, arrancou de si mesmo um sorriso amarelo, apertou a mão roliça e suada que o outro lhe estendia e, sem dizer nada, saiu da estalagem.

– Volte amanhã, a esta mesma hora, para saber das novidades – Falstaff ainda gritou, meio intrigado com sua retirada repentina.

Precisando urgentemente de uma boa lufada de ar fresco,

Ford rumou para a beira do rio, seu local favorito. "Quem poderia acreditar que minha honestíssima esposa, fortaleza da honradez, encarnação da virtude, está prestes a me trair vergonhosamente?", pensava, espumando de raiva, chutando tudo que encontrava pela frente, enquanto caminhava. "Que inferno é ter uma esposa infiel! Que inferno é ter a cama enxovalhada, a reputação jogada na lama! Que inferno é ouvir as piores ofensas da boca do mesmo cafajeste que pretende desonrar minha mulher! Ele já me rotulou de 'imbecil' e 'idiota'. Pois não vou deixar que me chame de corno... Nem o diabo, nem o maior ladrão, nem o pior assassino do mundo é chamado de corno. Ah, mas para isso serve o ciúme... Aquele cretino do Page confia cegamente na mulher. 'Minha Meg nunca iria me trair', o paspalho falou, quando me contou que Bardolfo o procurou para lhe dizer que Falstaff andava arrastando a asa para a esposa dele, e ele o despachou sem se dar nem mesmo o trabalho de ouvi-lo. Mas eu não! Eu escutei, tratei de averiguar e, graças a meu bendito ciúme, estou preparado para impedir que me ponham chifres. Ah, se estou!", exclamou para si mesmo, agora mais decidido a lutar sensatamente. "Entre dez e onze horas, estarei a postos para desmascarar a infiel, vingar-me do canalha e rir de Page. E, agora, tratos à bola!", concluiu, animado com a perspectiva de sair vitorioso de uma conjuntura que ameaçava jogá-lo no abismo do mais profundo desespero.

7

Encontro com... roupa suja

Às dez horas em ponto, Frank Ford deixou seu escritório, instalado no último andar da casa, onde podia trabalhar em silêncio, longe dos ruídos decorrentes do trabalho dos criados, e desceu três lances de escada, até o saguão. Então, pegou no cabide um chapelão de abas largas, ideal para proteger-lhe o rosto do sol ardente do alto verão, e, contrariando seus hábitos, muniu-se de uma bengala grossa da mais forte madeira de lei produzida na região.

– Estou indo, querida! – disse para Alice.

Ela atravessou a sala, onde acabara de arrumar num grande vaso de porcelana as belas flores que havia colhido em seu jardim, e aproximou-se para dar-lhe um beijinho de despedida, como em todas as manhãs.

– Bom passeio e boas rondas, amor! – disse-lhe, como sempre dizia, e, reparando na bengala, estranhou: – Ué, que novidade é essa?

– Ah... É que... – ele hesitou – é que... hoje vou para aqueles lados dos morros... e... e posso precisar de um bom apoio...

– Pois então ande por lá com cuidado, meu bem...

– Não se preocupe, querida.

Como sempre fazia, Alice o acompanhou até a porta, aguardou que ele atravessasse o jardim, acenou-lhe com a mão e esperou mais um pouco. Assim que o viu dobrar a esquina, subiu para seus aposentos, ajeitou o cabelo, já devidamente trançado e preso na nuca, trocou a touca de andar em casa por outra, mais elaborada, toda enfeitada com rendas e bordados, e passou no rosto, no pescoço e nos braços um lenço de cambraia embebido numa solução de água fresca e lavanda. Por fim, examinou com a atenção de um crítico exigente sua figura refletida no espelho que ocupava todo o espaço da parede entre as duas janelas do quarto, considerou-a plenamente satisfatória e desceu.

Mal voltou à sala, deparou com Meg Page, que acabava de entrar sem bater, toda alvoroçada com a perspectiva de executarem a parte principal de seu grande plano de vingança.

– Tudo pronto? – a comadre foi logo perguntando, ao mesmo tempo que olhava em torno, ansiosa. – E a cesta? – quis saber.

– Calma... – Alice pediu, sem se alterar, e bateu palmas três vezes.

Imediatamente, dois criados robustos entraram com uma enorme cesta de vime, usada para transportar a roupa suja desde a casa até o lugar que todos em Windsor chamavam de "lavanderia" e que, na verdade, era apenas uma extensão da beira do rio onde a configuração do terreno, em suave declive, e o tipo de solo, com pedras na margem e no leito do Tâmisa, facilitava o trabalho das mulheres que ganhavam o pão de cada dia lavando a roupa dos windsorianos abastados.

– Coloquem na saleta, perto da janela. – Alice ordenou. – Fiquem ali fora, sem ser vistos. Assim que eu chamar, venham correndo, peguem a cesta, levem para o lamaçal perto da "lavanderia" e lá a esvaziem. Entenderam?

Bem que os criados tiveram vontade de dizer: "Sim, a senhora já falou isso cem vezes". Mas, para não ser malcriados, limitaram-se a responder, ao mesmo tempo:

– Sim, senhora.

– Muito bem – Alice falou. – Agora vão. Rápido.

Meg esperou os moços saírem e se instalarem do lado de fora da janela, entre os arbustos carregados de perfumosos jasmins, e então perguntou, ainda mais ansiosa:

– É certeza de que eles vão fazer tudo como nós planejamos?

– Sim, querida, eu já expliquei para eles bem explicadinho. Não se preocupe. Agora vá para seu posto e fique de olho. Ele deve chegar a qualquer momento. Você está com sua fala na ponta da língua?

– Pode ficar sossegada que eu decorei meu papel direitinho – Meg lhe assegurou. – E, se eu não representar bem representado, pode vaiar à vontade – acrescentou e saiu correndo para ir se instalar no caramanchão, de onde podia observar a rua e o jardim sem ser vista, entre as paredes de trepadeiras floridas que protegiam o refúgio de Alice. "Qual será o santo que protege as tramas das esposas ofendidas, sequiosas de vingança?", perguntou às madressilvas que se entrelaçavam pela treliça, mas, evidentemente, não obteve resposta.

Minutos depois, avistou *sir* João Falstaff atravessando o jardim. Mais que depressa, correu para perto dos criados que aguardavam junto à janela e escondeu-se com eles entre os jasmins, esforçando-se para não rir. Aliás, se risse, teria de ser prontamente perdoada, pois dos pés à cabeça Falstaff era a própria imagem do ridículo. Usava um conjunto de calção e colete de lustroso cetim grená, com uma camisa de linho que nos bons tempos talvez tivesse sido branca, mas agora era de uma tonalidade indecisa entre amarelo-ranço e cinza-ratazana; as mangas bufantes com punhos de renda, a gola enorme debruada de ruche e o laçarote verde-bolor que funcionava como gravata o faziam parecer ainda mais gordo. Completavam a espalhafatosa vestimenta um chapelão de palha encimado por uma imensa pluma vermelha que balançava para lá e para cá no ritmo de sua desengonçada andadura, umas luvas de pelica cor de areia molhada e umas botas de camurça marrom que terminavam no meio da canela, onde se dobravam numa espécie de bainha larga e frouxa que só lhe aumentava a circunferência das pernas, envoltas numas esgarçadas meias azuis.

Certo de que representava o suprassumo da elegância masculina de seu tempo, Falstaff terminou de atravessar o jardim, indiferente à beleza dos variados canteiros de flores e aos perfumes que a brisa da manhã transportava desde as roseiras até suas largas narinas, e bateu na porta.

A própria Alice o recebeu, esforçando-se para demonstrar encantamento, e o conduziu para a saleta onde, no inverno, costumava dedicar parte de seu tempo ao bordado ou à leitura.

– O que posso lhe oferecer? – perguntou, solícita, pronta para puxar o cordão que acionava uma sineta na cozinha.

– Sua presença, minha joia... – ele respondeu, curvando-se a custo sobre a própria pança para beijar-lhe a mão estendida na direção do cordão.

– Ah, meu senhor, assim me deixa encabulada... – ela murmurou, fingindo um risinho nervoso. – Vamos nos sentar? – propôs, indicando-lhe uma poltrona junto à janela.

Falstaff sentou-se, ocupando todo o espaço entre os braços e o encosto da poltrona e ainda tendo de encolher-se com algum esforço para caber ali.

– Ah, minha doce dama, a senhora não imagina a alegria que me proporciona, recebendo-me em sua linda casa! – exclamou, todo baboso. – Estou tão feliz que poderia morrer agora mesmo, pois morreria inteiramente realizado...

– O senhor é tão galante, *sir* João...

– Galante não sei, mas confesso que sou um grande pecador, minha linda. Pois agora mesmo meu maior desejo... depois de abraçá-la, claro... é que seu marido estivesse morto neste instante, para que eu pudesse me casar com a senhora e transformá-la em minha amada rainha perante a lei – acrescentou, inclinando-se com dificuldade para a frente a fim de tomar as mãos de Alice.

– Que nada... sou apenas uma simples dona de casa, sem o menor requinte para ser rainha...

– Modéstia sua, minha bela... Não sei de mulher nenhuma, nem neste reino, nem em toda a Europa, nem em todo o Oriente, mais merecedora de uma coroa que a senhora – ele insistiu, dando a entender que era muito viajado, quando, na verdade, jamais saíra das ilhas britânicas. – Nunca vi em lugar nenhum, de Portugal à Rússia, da Irlanda à Arábia – continuou mentindo –, dama nenhuma com olhos como os seus, que brilham mais que diamantes; com uma pele tão sedosa que faz o pêssego morrer de inveja; com um narizinho tão delicado que... que... – e empacou, sem achar um termo de comparação que lhe parecesse adequado, porém não se deu por vencido. – Não há palavras suficientemente ricas para descrever com justiça essa beleza, essa fronte altiva, digna de portar a mais esplendorosa das coroas...

– Ora, o senhor está exagerando – Alice o interrompeu, fazendo um esforço enorme para conter sua crescente impaciência. – Uma simples touca me basta...

– Não é verdade – ele protestou, lutando para levantar-se, pois estava entalado na poltrona. – O lugar da senhora é na corte. Digo mais: no trono! Só não está lá porque a sorte lhe foi adversa; ao contrário da natureza, que a cumulou de muitos e excelentes atributos.

– Ora, o senhor está...

– Não venha me dizer que estou exagerando – ele a fez calar, desistindo por um momento de lutar contra a poltrona. – O que mais me teria levado a amar a senhora como amo? Acredite-me, conheci muitas damas ao longo da vida, muitas mesmo, e nenhuma delas realmente conquistou meu coração. Só a senhora... – suspirou.

–... e Meg Page – Alice completou.

Era a deixa para Meg entrar em cena, porém ela demorou um instante para aparecer, pois ardia de curiosidade para saber o que Falstaff diria ao constatar que Alice sabia de sua "paixão" por ela. No entanto, ao constatar que o gordalhão estava perplexo demais para dizer o que quer que fosse, desistiu de esperar. Esgueirando-se rapidamente junto à parede para não ser vista, correu até a porta da frente.

– Comadre! Comadre! – gritou ao entrar na sala, olhando para todos os lados e assumindo uma expressão que era a própria máscara da aflição.

Alice afastou o pesado reposteiro de veludo que separava a sala da saleta e, como se estivesse muito surpresa com aquela irrupção, perguntou:

– O que foi, criatura? Está pegando fogo na cidade? Por que tanto alvoroço?

– Você está perdida! Seu marido encasquetou que você está recebendo um amante! E vem vindo para cá, com todas as autoridades de Windsor, para pegar você em flagrante adultério! – despejou, fingindo-se afobada e esbaforida.

Ao ouvir isso, Falstaff passou a se debater com todas as forças na poltrona onde parecia ter se entalado irremediavelmente. "Se eu não conseguir me livrar desta prisão", pensou, "vou fugir daqui com este traste mesmo..."

– Que vergonha! – Meg continuou. – Nunca esperei isso de você, comadre! Acho que só vim avisá-la para impedir que o pobre Frank faça uma loucura, cometa um duplo homicídio e vá mofar na prisão até o fim de seus dias ou, pior, seja pendurado na forca! Onde está esse desgraçado que você se atreveu a receber em sua casa? – esbravejou, ficticiamente indignada, tentando concentrar-se mais no papel para não cair na gargalhada.

Alice também se fez de alarmada para refrear a vontade de rir e se pôs a andar em círculos pela sala, esfregando as mãos como se estivesse desesperada.

– Ai, realmente estou perdida! – exclamou. – Ajude-me, comadre, por favor! Em nome de nossa velha amizade... O que vamos fazer? O que vamos fazer?

– Pare de rodar que você está me deixando tonta! – Meg gritou. – Temos de agir rápido, antes que Frank entre aqui e acabe com esse seu amante sem-vergonha...

Nesse momento, Falstaff finalmente conseguira vencer sua batalha contra a poltrona e entrou na sala.

– É melhor eu ir andando – anunciou, aterrorizado, encaminhando-se para a porta com a velocidade máxima permitida por seu peso descomunal.

– Não dá tempo – disse Meg. – Frank já deve ter dobrado a esquina, pois, quando o vi, ele estava passando na frente de minha casa.

Até então vermelho como um tomate em função do calor, que só aumentara em decorrência de sua luta contra a poltrona, do laçarote no pescoço, das luvas de pelica, das meias de seda, das botas de camurça, Falstaff empalideceu de repente e se pôs visivelmente a suar frio.

– Escondam-me, por favor! – suplicou às duas, sem se preocupar em tentar disfarçar o pavor que se apoderara dele.

Meg só esperava essa deixa extra para desancá-lo por sua imaginária infidelidade, desempenhando com primor o papel da amante traída.

– Vou ajudá-lo, sim, pilantra, salafrário, calhorda! Mas não por seu merecimento. O senhor me declarou amor, me seduziu, me enfeitiçou com seus encantos... e para quê?... – O som de um soluço a interrompeu, mas ela superou a falsa angústia que a corroía e continuou: – Para me trair com minha melhor amiga...

– Ah, Meguezinha querida, você sabe que eu te amo... – ele balbuciou e calou-se, amedrontado demais para prosseguir.

– Não me venha com suas declarações fajutas – Meg vociferou. – Perjuro, mentiroso! Não sei como pude ser tão burra de acreditar em você! Ai, que raiva de mim mesma! – ela acrescentou, fechando os punhos e mostrando os dentes como um boxeador enfurecido. – Só vou ajudá-lo porque prezo demais meu compadre Frank para vê-lo desonrado publicamente e para deixá-lo, como eu disse antes, cometer um duplo homicídio... Quanto a nós, meu caro cafajeste, resolveremos isso em outra ocasião. Aliás – corrigiu –, resolveremos agora, já, no presente! Está tudo acabado entre nós – declarou. – E agora vamos tratar de sumir com esse monte de banha – falou para Alice.

As duas entraram na saleta, olhando para todos os lados como se estivessem procurando um bom lugar para esconder Falstaff e, aparentemente de repente, avistaram a cesta junto à janela.

– Trate de entrar ali – Meg ordenou ao "monte de banha", que as seguia mudo como um peixe e medroso como um carneirinho.

– Ele não cabe ali! – Alice comentou, fingindo-se terrivelmente assustada.

– Eu caibo, sim! – Falstaff garantiu, avaliando o esforço que teria de fazer para se encaixar naquele recipiente suficientemente grande para conter toda a roupa suja da casa, incluindo pesadas colchas e enormes lençóis, porém minúscula para comportar seus cento e tantos quilos, a maior parte deles composta, precisamente, de pura banha.

– Pois então entre logo, antes que seja tarde demais – Meg rosnou.

As comadres abriram a cesta e rapidamente tiraram de seu interior a roupa suja que já deveria ter sido levada para a "lavanderia". Então, numa prodigiosa façanha, que só mesmo o pânico poderia inspirar, Falstaff deu início a um verdadeiro exercício de contorcionismo, para, espremendo-se de um lado, apertando-se de outro e empurrado pelas supostas rivais em seu suposto amor, finalmente instalar-se na cesta, enrodilhado como um gato obeso. Isso feito, Alice e Meg o cobriram com a roupa suja e chamaram os criados, que continuavam escondidos do lado de fora, junto à janela.

– Levem a cesta – Alice ordenou.

Mesmo para os criados, aqueles rapagões robustos, acostumados a carregar grandes feixes de lenha para abastecer os fogões e as lareiras da casa, afeitos ao trabalho duro nos estábulos e no pomar, peritos em remar pelo Tâmisa correnteza acima, levantar todo aquele peso custou um esforço hercúleo. Suando às bicas, curvados sob tamanho fardo, eles tomaram o caminho da porta. Mas não tiveram tempo de sair, pois nesse preciso instante Ford entrou na sala, acompanhado de Page, do doutor Caio e de mais uma dezena de windsorianos importantes.

– O que é isto? – ele berrou, furioso, brandindo a grossa bengala que estranhamente pegara ao sair, minutos antes.

Por uma fração de segundo as duas mulheres se entreolharam verdadeiramente surpresas, pois a entrada intempestiva de Ford não estava em seus planos. O que haviam combinado era que Meg anunciaria a chegada de Ford só para assustar Falstaff e as duas poderem convencê-lo a enfiar-se na cesta, porém nunca lhes passara pela cabeça que o marido ciumento desistiria de suas atividades matinais e voltaria para casa muito antes da hora.

"Quem o teria avisado...?", Alice pensou, perplexa.

"Como é que ele ficou sabendo?", Meg perguntou a si mesma, atônita.

– O que é isto?

A repetição da pergunta de Ford obrigou-as a superar o espanto.

– Ora, meu bem, é a cesta de roupa suja que os criados vão levar para a "lavanderia" – Alice conseguiu dizer.

– Pois quero ver se é mesmo – Ford rosnou, já estendendo a mão para abrir a cesta.

– Que coisa mais feia! – Page exclamou, sinceramente chocado com a atitude do amigo. – Se sua mulher está dizendo que é a cesta de roupa suja, é a cesta de roupa suja, e ponto final – acrescentou, agora segurando com firmeza a mão de Ford.

Suando mais do que se estivesse numa sauna finlandesa, Falstaff respirou aliviado, literalmente soterrado sob aquele monte de meias e anáguas, camisolas e camisas, lençóis e toalhas, calções e corpetes, cada qual mais sujo e malcheiroso que o outro. "Bendito Page...", murmurou consigo mesmo.

Ainda desconfiado, porém ao mesmo tempo meio envergonhado do triste papel que estava fazendo diante dos amigos, Ford desistiu de abrir a cesta. Mas não desistiu de vasculhar a casa, palmo a palmo, à procura do "amante" de sua mulher.

– Venham comigo – pediu aos outros, encaminhando-se para a escada. – Ele deve estar lá em cima.

– Eu é que não vou participar dessa palhaçada – Page declarou, irritado. – Você já foi longe demais – concluiu, dirigindo-se para a porta.

– Eu também non querro saberr dessa *histoire*, dessa histôrria – Caio falou, com seu sotaque carregado. – Isso é coisa de caipirra. Na France nunca acontecerria tamanha *bêtise*... tamanha besterra...

Um a um, os outros os imitaram, sem dizer nada, e foram saindo, atrás dos criados que se esfalfavam para carregar seu fardo pesado como chumbo.

8

Banho de lama

O estalajadeiro de A Jarreteira não era homem de se imiscuir na vida da freguesia e muito menos de se comover com pouca coisa, porém teve pena de Falstaff, quando o viu chegar todo coberto de lama, com umas ervas do brejo pendendo-lhe da roupa, como tristes frangalhos. Ao mesmo tempo, no entanto, sentiu-se vingado de todas as humilhações que aquele gordo arrogante lhe infligira desde que se alojara em seu estabelecimento.

– Não me pergunte coisa nenhuma! – Falstaff lhe ordenou, tão logo entrou, pingando lama por todo o salão. – E não se atreva a fazer nenhum comentário! Trate mais de me preparar um banho e me servir uma boa dose de xerez, não necessariamente nessa ordem – acrescentou, com a habitual grosseria, praticamente desabando no primeiro banco que encontrou.

Sem abrir a boca, o estalajadeiro pegou uma garrafa de xerez e uma caneca de barro desbeiçada e só não jogou as duas sobre a mesa porque não queria quebrá-las e, portanto, sofrer mais prejuízos por conta daquele inquilino caloteiro. Depois, sempre em silêncio, desapareceu no corredor que dava para um cubículo eternamente mofado e malcheiroso que chamava de "casa de banhos", onde uma tina imensa (e imunda) aguardava os raros hóspedes afeitos à higiene corporal.

Falstaff não tinha a menor vontade de submeter-se a um ritual que lhe parecia mais adequado aos selvagens daquelas terras imensas que os portugueses haviam descoberto na América do Sul, ao inaugurar-se o século XVI, e passaram a colonizar na década de 1530. Segundo relatavam os viajantes e cronistas que se aventuravam por aquelas bandas distantes, os nativos eram dados ao terrível costume de banhar-se não só todos os dias, como várias vezes por dia, nas lagoas, nas cachoeiras, nos rios e nas fontes que corriam por entre verdejantes florestas e campos em flor.

Mas isso não era coisa que um europeu fizesse, ao menos naquela época remota. No Velho Continente, ninguém, em sã consciência, sequer cogitava tomar banho sem motivo justo, como os índios do Brasil. E, se Falstaff agora encarava essa tenebrosa perspectiva, era porque a situação assim o exigia. Até porque já estava ficando extremamente incômodo sentir o limo, a areia, as pedrinhas do brejo em contato com uma pele que ele próprio – e só ele próprio – qualificava como "uma cútis de bebê", ou ainda "um verdadeiro cetim".

Estava ele tentando reunir coragem – com a ajuda do xerez – para mergulhar na tina que, entrementes, o estalajadeiro tratava de encher de água morna, quando lhe apareceu pela frente dona Quica. Seu primeiro impulso foi o de lançar-se sobre ela e esganá-la. Mas a lembrança do cofre cheio de Ford (e do cofre cheio de Page), somada à lembrança de suas infindáveis (e crescentes) dívidas, foi suficiente para fazê-lo refrear esse impulso assassino. Não bastou, no entanto, para aplacar a raiva e fazê-lo tratar a velha alcoviteira com um mínimo de educação.

– Ah, não! – gritou, erguendo as duas mãos abertas num gesto de rechaço. – Não me venha com outros convites! A senhora tem alguma ideia do que aquelas doidas me fizeram passar? – perguntou, retoricamente, pois não esperou resposta para desfiar a ladainha que vinha murmurando consigo mesmo desde que conseguira sair do brejo e voltar para A Jarreteira: – Sabe lá o que é ser carregado numa cesta como roupa suja e ser jogado num pântano fétido? E o pior é que me atiraram lá como se estivessem jogando quinze filhotes cegos de uma cachorra vira-lata, sem o menor remorso! E, como a senhora pode ver por minha figura atlética, eu tenho uma certa tendência a afundar com rapidez. Ainda bem que o brejo não era fundo, porque, se fosse, numa hora desta eu não estaria aqui, mas teria morrido afogado. Afogado na lama! Na lama! – exclamou, furioso, gesticulando como um louco de hospício.

– É, eu entendo – a alcoviteira concordou, usando seu tom mais apaziguador. – Mas vim aqui apresentar as mais humildes desculpas de madame Ford e também de madame Page. Afinal, a pobre madame Ford não tem culpa, se aqueles burros resolveram atirar o que achavam que era roupa suja na lama, e não no rio...

– E que diferença teria feito se tivessem me atirado no rio propriamente dito? – Falstaff explodiu, levantando-se a custo, dentro da roupa encharcada e, consequentemente, pesada. – Pode me dizer? Hein? Hein? – repetiu, jogando seu hálito de xerez na cara redonda de dona Quica.

Por um momento, ela ficou tão apavorada que pensou em fugir, mas logo se controlou, assegurando a si mesma que, afinal, um cavaleiro da coroa britânica, um *sir*, não haveria de esfolá-la viva, como pensaria qualquer um que o visse tão exaltado, quase fora de si.

– Ao menos vossa senhoria não teria ficado tão... tão... assim... desse jeito – ela conseguiu dizer, sem se atrever a usar o termo "enlameado".

– Mas decerto teria morrido afogado – Falstaff rebateu, tornando a sentar-se, pois já não aguentava mais sustentar o peso da roupa somado ao de seu próprio corpanzil. – Afogado e inchado de água! De água! Ainda se fosse de xerez...

– Ah, sim, e isso seria, realmente, uma perda terrível para todos nós – dona Quica mais uma vez concordou. – No entanto, como eu ia dizendo – retomou, ansiosa para despejar seu recado e safar-se dali com a maior rapidez possível –, eu vim aqui apresentar para vossa senhoria as desculpas delas e dizer que madame Ford espera poder se desculpar pessoalmente com vossa senhoria, mas, como a pobrezinha quase não consegue pôr o nariz na rua, me mandou pedir para vossa senhoria ir até a casa dela, amanhã, só que mais cedo, entre as oito e as nove, quando o ciumento do marido dela vai caçar passarinho e "incipicionalmente" não está lá nesse horário.

Falstaff tomou um grande gole de xerez, indeciso entre aceitar o convite e as desculpas – o que significava manter o que julgava ser a porta aberta para chegar à cama e ao cofre de Frank Ford – e recusá-los – o que, evidentemente, significava continuar fugindo dos credores enraivecidos e procurar outra vítima, nesse caso a partir do zero, mais uma vez na vida.

– Pois diga a ela que, "excepcionalmente" – começou, frisando bem o advérbio para mostrar a dona Quica que o pronunciara incorretamente –, lá estarei, pois bem sei que ela me ama e eu também sou um homem apaixonado. Infelizmente apaixonado... – arrematou, com um fundo suspiro.

Era tudo que dona Quica queria ouvir e, tendo ouvido, despediu-se com uma breve reverência, sem dizer coisa alguma.

"O que terá sido feito daquele paspalho do Fontes?", Falstaff se perguntou, enquanto se abastecia de mais uns bons goles de xerez. "Ele me falou que viria depois do encontro para saber como andaram as coisas... e, principalmente, prometeu que haveria de trazer um dinheirinho, muito bem-vindo, aliás... Pois veja só: falou do diabo...", completou com seus botões, ao ver Ford-Fontes entrar na estalagem.

– Muito boa tarde, meu caro *sir* João – o recém-chegado o cumprimentou, assim que se aproximou.

– Podia ser melhor – Falstaff choramingou. – Mas, sente-se. Tome um trago de xerez.

– Obrigado, mas vou recusar. Não costumo beber de estômago vazio.

"Bobão", Falstaff pensou, entornando o resto da caneca desbeiçada.

– Veio saber de meu encontro com dona Alice Ford, pois não?

– Exatamente. Como foi? – Ford-Fontes perguntou, fingindo-se ansioso.

Falstaff se fez de rogado, esperando que o outro primeiro depositasse algumas moedas sobre a mesa para só depois lhe relatar o que pretendia florear ao máximo para impressioná-lo e levá-lo a prometer mais um saco de dinheiro. Ford-Fontes percebeu que a demora do cavaleiro em responder se devia unicamente a esse motivo e tratou de desembolsar mais uma pequena bolsa de couro que devia conter, pelo volume, uma soma apenas razoável, porém não satisfatória. "Desembuche!", teve vontade de dizer, mas se absteve e apenas aguardou, em silêncio.

– Foi um desastre – Falstaff finalmente revelou.

– Como assim? Ela mudou de ideia? Ela resistiu a seus encantos?

– Não, mas o excelentíssimo senhor Cornudo, que nunca está em casa naquele horário, resolveu aparecer. Por sorte, se é que o que aconteceu depois pode ser considerado "sorte", eu já tinha dado início à comédia que combinamos, ou seja, já havia jurado amor à dona Alice, já a havia tomado nos braços, já a havia beijado com o maior ardor de que fui capaz – Falstaff mentiu. – E posso lhe garantir que esse ardor era intenso, pois ela, apesar de ser já madura, é um verdadeiro pitéu – acrescentou, com um sorriso malicioso. – O senhor tem bom gosto, meu caro Fontes...

Mais uma vez, Ford-Fontes teve de reunir toda a sua força de vontade para controlar o desejo imperioso de encher de sopapos a cara enlameada e vermelha do calhorda que lhe contava semelhantes barbaridades e ainda se atrevia a rotular sua digníssima esposa de "pitéu".

– Pois então – o outro continuou, sem perceber a luta de seu interlocutor consigo mesmo –, o idiota entrou na casa como um furacão, seguido por um bando de imbecis, todos furiosos como se a adúltera fosse a mulher deles. E todos juntos se puseram a vasculhar a casa, palmo a palmo, certamente prontos para me trucidar com paus e porretes e, quem sabe, até punhais e facões – exagerou.

– Mas, pelo jeito, não conseguiram encontrá-lo...

– Não, porque uma tal de Meg já havia aparecido, toda afobada, para avisar que o cornudo estava indo para lá, e foi essa tal de Meg quem me mandou entrar numa cesta que eu não sei o que estava fazendo na saleta.

"Então foi assim que ele escapuliu...", Ford-Fontes pensou, tentando imaginar o que o gordalhão teria feito para caber naquela cesta que os criados estavam levando para fora quando ele chegou. "Bem que eu desconfiei... Ah, se aquele palerma do Tom Page não tivesse me impedido de abrir aquela cesta...", lamentou-se com seus botões.

Meio frustrado porque o visitante não se dignou a perguntar-lhe se havia alguma coisa dentro da cesta, Falstaff tornou a encher a caneca de xerez só para praticamente esvaziá-la na sequência, e continuou com sua história:

– Era uma cesta de roupa suja, e, depois de me enfiar ali a muito custo, eu me vi... aliás, não me vi, porque lá dentro estava escuro como breu... elas me cobriram com uma montanha de lençóis cheirando a suor, toalhas ensebadas, meias fedidas de chulé... Um horror, meu caro, um horror!

– E o senhor ficou lá por muito tempo? – Ford-Fontes quis saber.

– Por uma eternidade. E tudo por sua causa...

– Por *minha* causa?

– Sim, senhor – Falstaff afirmou, batendo na mesa com a mão aberta. – Por *sua* causa, pois eu mesmo não tenho maior interesse naquela digna senhora. Só fui lá porque não sou homem de deixar mulher me esperando e porque o senhor me pediu que tentasse conquistá-la para abrir um precedente que... – interrompeu-se, já irritadíssimo com o que lhe parecia a memória curta do outro. – O senhor se esqueceu de nosso trato?

E, realmente, Ford-Fontes estava tão perplexo com o que lhe parecia uma arrasadora incriminação de Alice que se esquecera da proposta que havia feito. Por pouco não lhe perguntou que trato era esse, mas, sempre procurando controlar-se, balbuciou um "não" hesitante e deixou que o outro continuasse desfiando, com grande exagero, o relatório das desgraças que sofrera naquela manhã.

– Pois bem, depois de me soterrar embaixo daquele maldito monte de imundície, Alice chamou dois criados e mandou que levassem a cesta, não especificando para onde. Foi então que o cornudo entrou, como eu lhe contei, e perguntou o que era aquilo, e ela falou que era a cesta de roupa suja que os criados iam levar para a "lavanderia". Ele não acreditou e quis verificar, mas, graças à intervenção de Page, absteve-se, de modo que os dois criados imediatamente começaram a carregar a cesta até o rio. E eu sacolejando no meio da roupa suja, derretendo que nem manteiga na frigideira, empapado de suor, todo curvado e enrolado, quase sufocando... Foi um milagre que não morri ali dentro, vítima do calor, da pestilência, da falta de ar... Quando eu pensei que havia chegado minha hora de partir desta para melhor, eles literalmente me despejaram no lamaçal...

O fato de Falstaff ter sido jogado no brejo, e não entregue às lavadeiras, como normalmente ocorria com a cesta de roupa suja, levou Ford a desconfiar que talvez Alice não fosse culpada de adultério; talvez tivesse até mesmo combinado com os criados para que lançassem o cafajeste literalmente na lama. "Alguma coisa nessa história não bate...", pensou, ao mesmo tempo curioso para esclarecer tudo e esperançoso de que suas suspeitas não fossem mais que suspeitas.

– Ah, *sir* João, lamento muito tê-lo feito passar por tantas agruras – falou, tentando parecer o mais contristado possível, porém sentindo-se quase aliviado. – Receio que o senhor não queira mais voltar lá...

– Não sou homem de desistir das coisas no meio do caminho – o outro replicou, cheio de si. – Ela acabou de me mandar um novo convite. Quer que eu esteja lá amanhã de manhã, entre oito e nove horas, quando o boboca do marido vai caçar passarinho...

– Ah, meu caro *sir* João, garanto que o senhor será muito bem recompensado por todas essas dificuldades, por todos esses perigos que está correndo por minha causa. Obrigado, meu amigo! Muito obrigado!

9

A bruxa de Brentford

Com a ajuda de sua equipe de serviçais, Alice arrumou a sala de visitas num instante, deixando-a ainda mais acolhedora e bonita que de hábito. Em cada um dos cinco ou seis aparadores de ébano, cobertos com ricas tapeçarias italianas e dispostos ao longo das paredes, colocou um grande vaso de flores frescas, recém-colhidas em seu jardim. Afofou várias vezes as almofadas primorosamente bordadas por ela mesma, tornando ainda mais confortáveis e aconchegantes as poltronas revestidas de precioso brocado e os sofás forrados de espesso veludo. Por fim, na mesinha que ficava junto à janela, entre duas poltronas, depositou a bandeja que um dos criados acabava de levar para a sala e que continha uma jarra de xerez, dois cálices de fino cristal e um potinho de porcelana com docinhos variados. O redobrado esmero na arrumação da sala, já por si elegante e sóbria como o restante da casa, devia-se à aguardada visita de *sir* João Falstaff, da qual dependia a segunda parte da vingança das comadres. Talvez o termo "vingança" já não fosse adequado, pois, tendo arrefecido a fúria com que elas inicialmente reagiram às descabidas declarações do desastrado conquistador, o que pretendiam agora era mais ensinar-lhe uma lição que vingar-se.

Tudo arrumado, Alice discretamente se plantou junto a uma das janelas da frente de modo que pudesse ver sem ser vista e aguardou. Não demorou muito para o biltre aparecer no portão e, pela segunda vez em apenas dois dias, atravessar o jardim. Ao vê-lo, Alice deixou seu posto de observação e foi recebê-lo na porta.

– Ah, meu príncipe, que bom que o senhor veio... – disse-lhe, no tom mais açucarado que conseguiu imprimir à voz. – Não sei como lhe pedir perdão pelos transtornos que lhe causei sem querer. Como é que eu poderia imaginar que aqueles dois idiotas... – interrompeu-se, sufocando um soluço fictício.

Exultante com seu aparente arrependimento, Falstaff tomou-lhe as mãos, impedindo que ela as levasse aos olhos para enxugar com as pontas dos dedos duas lágrimas absolutamente inexistentes, e procurou confortá-la:

– Ah, minha joia, ver você tão arrasada com o que me aconteceu já basta para me fazer esquecer tudo que passei, pois demonstra que seu amor por mim é tão grande quanto o meu por você. Só me diga se, desta vez, podemos ter certeza absoluta de que seu marido não vai aparecer – acrescentou, visivelmente preocupado com uma nova chegada intempestiva de Ford.

Tentando disfarçar o asco que a proximidade de Falstaff lhe despertava, o mal-estar resultante do contato com aquelas mãos gordas e suadas, a náusea que lhe provocava aquele hálito pestilento, consequência de nenhuma higiene, algum tabaco e muita bebida, Alice tratou de soltar-se e, a pretexto de servir xerez para ambos, voltou-se para a bandeja. Então, de costas para o visitante, aproveitou para respirar fundo, enquanto enchia os cálices.

– Pode ficar sossegado, meu bem – garantiu-lhe. – Ele saiu de manhã cedo para ir caçar passarinho com os amigos – esclareceu. – Não sei como aquele bando de desalmados pode ter a capacidade de acordar de madrugada para ir matar bichos inocentes, santas criaturinhas de Deus que não fazem mal a ninguém – comentou, sinceramente indignada. – Considero uma grande covardia homens bem armados saírem por aí caçando bichos indefesos.

Falstaff abriu a boca para dizer, mentirosamente, que concordava plenamente com ela, porém não teve tempo de pronunciar uma única palavra, pois nesse momento uma voz se fez ouvir.

– Oííí, comadreee – Meg Page chamou, atravessando o jardim a caminho da porta.

Alice estremeceu, representando sua reação de susto com tanto exagero que derramou um pouco de vinho na bandeja.

– Ai, lá vem aquela enxerida! – resmungou. – Rápido, meu amor, entre na saleta – ordenou.

Na verdade, nem precisava ordenar, pois, assim que escutou o "oííí" de Meg, Falstaff já foi se dirigindo para a segunda porta que viu – a segunda, porque a primeira era a que dava para o jardim e, portanto, para a "enxerida". E foi ótimo que tivesse sido tão expedito, porque mal se escondeu na saleta, atrás do reposteiro, Meg entrou na sala.

– Está sozinha, comadre? – ela perguntou.

– Claro! – Alice respondeu, simulando grande nervosismo e intensa irritação com a intromissão da amiga.

– Ainda bem! – Meg exclamou, com um entusiasmo para lá de espalhafatoso.

– Posso saber por quê? – foi a vez de Alice perguntar, num tom pretensamente furioso. – Fale mais alto – cochichou rapidamente no ouvido da amiga.

– Ora, porque o senhor seu marido desistiu de ir caçar passarinho e está vindo para cá – Meg falou, quase gritando para não ter dúvida de que Falstaff a escutava atrás do reposteiro,

na saleta ao lado. – E isso é verdade, minha cara – sussurrou para Alice, antes de despejar um relato em que misturava o que haviam combinado e o que efetivamente estava acontecendo: – A última vez que o vi ele estava na frente de minha casa, armado de espingarda, conversando com meu Tom. Aliás, "conversando" não é a palavra exata para descrever os berros com os quais ele vociferava contra todas as pessoas casadas do planeta e, em especial, contra as filhas de Eva de todas as cores e de todos os cantos do mundo. Não sei, não, mas ele me pareceu mais fora de si que de costume e muito decidido a voltar para casa e pegar você em flagrante com um certo indivíduo. A sorte – ressaltou, depois de uma breve pausa para retomar o fôlego – é que ele falou que ainda ia chamar o juiz Raso, o doutor Caio e sei lá mais quem para servir de testemunha. E com isso nos dá algum tempo para encontrarmos uma solução. Ah, se não fosse o fato de que ele está armado... – suspirou.

– Ele... falou o nome do... "certo... indiví...duo"? – Alice balbuciou, francamente apavorada.

– Falou nome, sobrenome e título – Meg enumerou, batendo o dorso dos dedos da mão direita na palma aberta da mão esquerda. – Falou que, ontem, *sir* João Falstaff conseguiu se safar, escondido na cesta de roupa suja, mas que hoje não o deixaria escapar. "Vou procurar aquele pulha em todo canto, da cesta de roupa suja ao baú de tranqueiras do sótão, da chaminé da lareira ao forno de pão, da tina de banho ao poço do quintal", ele disse, praticamente espumando de raiva. "Hoje aquele calhorda não me escapa, nem que vire uma pulga!", ele jurou, possesso.

– Mas... mas então... vai acontecer uma desgraça... – Alice murmurou, desesperada.

Procurando não se deixar contagiar pelo desespero da amiga, Meg tratou de adaptar sua representação às circunstâncias, que se resumiam, nada mais, nada menos, na imprevista e iminente aparição de Ford, armado com espingarda de caça e movido por uma fúria capaz de eliminar todos os passarinhos das imediações de Windsor e ainda um intruso obeso, metido a conquistador.

– Não sei por que tanta aflição – ela declarou, sempre com a voz alterada e elevada –, se você está sozinha...

O pouco sangue-frio que Meg conseguiu reunir para continuar com aquela patética mistura de farsa e realidade encorajou Alice a também tentar manter a cabeça fria, na medida do possível.

– É que... ai, comadre, eu menti... – ela disse. – A verdade é que não estou sozinha. *Sir* João Falstaff está aqui.

– E o que você ainda está esperando para mandá-lo embora, criatura? – Meg berrou. – Se Ford o encontrar aqui, você ficará desonrada diante da cidade inteira e ele será um homem morto, tão certo quanto dois mais dois são dois... – concluiu, tão atarantada que esqueceu seu beabá de aritmética.

– São quatro – Alice prontamente a corrigiu, a professora dos pequenos órfãos falando mais alto que a esposa aflita.

Sem saber o que fazer com aquela brusca e terrível modificação em seus planos, as duas se puseram a andar de um lado para o outro, como baratas tontas, até que, ao cabo de alguns instantes, Alice subitamente se deteve.

– Vamos enfiá-lo de novo na cesta de roupa suja – sugeriu.

– Ah, não! – Falstaff protestou, finalmente deixando seu esconderijo atrás do reposteiro. – Naquela maldita cesta não entro nem morto!

– E não deve entrar mesmo – Meg concordou –, pois uma das coisas que eu ouvi Frank contar para Tom foi que ontem vossa senhoria saiu daqui contrabandeado na cesta de roupa suja.

– Como é que ele ficou sabendo disso? – Alice perguntou.

– Sei lá – Meg deu de ombros. – Mas o certo é que ele vai olhar dentro da cesta em primeiríssimo lugar...

Num rasgo de coragem, Falstaff aprumou-se como um general antes de enviar suas tropas para a batalha e anunciou:

– Pois então vou sair do jeito que entrei.

– Isso é que não vai mesmo – Meg lhe assegurou com toda a convicção. – Eu escutei Frank dizendo que ia pôr dois irmãos dele guardando as saídas de arma em punho.

Imediatamente Falstaff correu até uma das janelas da sala para verificar se havia alguém na porta da frente, enquanto Alice foi até a cozinha ver se um dos cunhados estaria por lá. Mas não avistaram viva alma, nem na entrada principal da casa, nem na porta dos fundos.

– Pelo jeito, eles ainda não assumiram seus postos – Falstaff comentou, parcialmente aliviado. – Pode ser que eu consiga sair antes que cheguem...

– Nem pensar! – Alice gritou. – A casa fica bem no meio do quarteirão, e, antes que você conseguisse dobrar qualquer uma das esquinas, eles o avistariam.

O argumento fazia todo sentido, e agora eram três os aflitos que giravam ao redor da sala, como detentos em sua hora de tomar sol no pátio do presídio. De repente, sem aviso prévio, Falstaff parou, e suas duas companheiras de infortúnio quase caíram com essa freada brusca.

– Já sei! Vou escalar a chaminé – ele decidiu, dirigindo-se para a lareira.

As duas olharam bem para ele, olharam bem para a lareira e, em parte por puro nervosismo, em parte porque a solução era tão inviável que se tornava engraçada, caíram na risada. Até um bebê seria capaz de entender que Falstaff só poderia caber na chaminé se o fogo estivesse aceso para derreter toda aquela imensidão de banha. E, se por acaso, por sorte, por milagre coubesse, nunca haveria de escalá-la.

– O que é que eu vou fazer? – ele choramingou, ao constatar o absurdo de sua proposta.

E a roda de três voltou a girar pela sala, num passo cadenciado, como se caminhasse ao som de uma marcha fúnebre. Até que Alice mais uma vez se deteve, provocando novo abalroamento.

– Vamos vesti-lo de mulher – anunciou, exultante.

– Que ideia de jerico – Meg desdenhou. – Onde é que vamos arranjar uma roupa de mulher que caiba nesse... nesse... – hesitou, tentando encontrar uma palavra que não ofendesse mortalmente o rotundo canalha – grandalhão? – completou. – Você, por acaso, conhece alguma mulher desse tamanho?

Alice permaneceu em silêncio por alguns instantes, pensativa, até que se lembrou:

– A bruxa de Brentford!

– Exatamente! – Meg exclamou.

E cada uma bateu com a mão espalmada na mão espalmada da outra, indicando com esse gesto que se congratulavam pela excelente lembrança. Quem não entendeu patavina foi Falstaff, que, descorçoado e aflito, tratou de apressá-las:

– Seja quem for essa pessoa, por favor, senhoras, vamos logo com isso! O tempo urge!

Ele não tinha como saber que a bruxa de Brentford era o termo que Ford utilizava para referir-se à velha tia gorda de sua empregada Rosalinda, pela qual nutria a mais violenta antipatia, tendo mesmo proibido que a pobre mulher frequentasse sua casa. Apesar da proibição, Alice a recebia, quando ele não estava em casa – ou seja, entre as dez e as onze da manhã, horário de suas rondas habituais –, pois preferia desobedecer ao marido a liberar a empregada para ir ver a tia, que morava em Eton, do outro lado do rio. Na semana anterior, a tal "bruxa", que era mais míope que uma toupeira, levara um vestido rasgado para a sobrinha remendar; explicara que havia sido perseguida por um cachorro bravo, que, por sorte, não chegara a mordê-la, pois o dono dele o detivera a tempo, mas lhe rasgara a roupa. Rosalinda havia feito o serviço, porém a velha ainda não voltara para pegar o vestido, que, assim, ainda estava no quarto da empregada e, pelos cálculos das duas comadres, haveria de servir em Falstaff como uma luva.

– Calma, *sir* João – Alice procurou tranquilizá-lo. – Agora é só vesti-lo com a roupa dela e fazê-lo sair pela porta da frente, bem debaixo... ou melhor... bem na altura do nariz do senhor meu marido ciumento e de quem mais ele tiver chamado para vê-lo fazer papel de palhaço pela segunda vez – completou, bem menos aflita. – Meg, leve *sir* João para o quarto de Rosalinda e ajude-o a entrar no vestido, ou vice-versa.

– E você vai aonde? – Meg quis saber.

– Vou falar com Joca e Zezo – Alice se limitou a dizer, impaciente, e saiu para o quintal.

Os dois rapagões estavam cortando lenha para acender o fogão. Ao ver a patroa, suspenderam o trabalho, enxugaram o suor do rosto com o dorso da mão e se perfilaram como soldados para a revista do coronel.

– Prestem bem atenção – a patroa começou. – Assim que vocês escutarem o senhor Ford chegar... e, pelo que sei, vocês não vão deixar de escutar, porque vai ser um berreiro daqueles... – acrescentou –, peguem a cesta de roupa suja e tentem sair pela porta da frente. Naturalmente, ele vai mandar vocês pararem para revistar a cesta, porque acha que nosso visitante está escondido lá de novo. Vocês obedeçam sem pestanejar. Ele vai revirá-la de pernas para o ar só para passar vergonha diante de todos por não encontrar na cesta de roupa suja nada mais que... roupa suja – concluiu e tratou de correr para o quarto de Rosalinda, a fim de ajudar Meg a travestir Falstaff.

As duas comadres suaram um bocado para fazer a roupa da bruxa de Brentford entrar em Falstaff – ou vice-versa. De tanto puxar de um lado e esticar do outro, acabaram rasgando a saia bem na frente e tiveram de providenciar um avental para cobrir o rasgo. Depois, trataram de arrumar um xale para cobrir a cabeçorra e o máximo possível da barba de Falstaff.

– Eu vou morrer de calor! – ele reclamou.

– Melhor que morrer de tiro de espingarda – Alice retrucou.

Mal terminaram a complicadíssima operação, ouviram os gritos raivosos de Ford, as vozes dos companheiros que ainda tentavam acalmá-lo e os passos apressados no cascalho do jardim.

– Vamos enfrentar a fera – Alice propôs, deixando o quarto da empregada.

No mesmo instante, Ford entrou pela porta da frente e deparou com Joca e Zezo, que, cumprindo ao pé da letra as ordens da patroa, já se encaminhavam para a porta, carregando a cesta de roupa suja como se estivesse extremamente pesada.

– Ponham esse traste no chão! – o patrão lhes ordenou. – Quero ver o que vocês estão carregando.

Os dois rapazes imediatamente depositaram a cesta aos pés de Ford, que, ato contínuo, pôs-se a retirar as mais diversas peças e a jogá-las de qualquer modo para todo lado.

Enquanto anáguas e meias voavam pela sala, seguidas de camisas e camisolas, toalhas e lençóis, corpetes e calções, duas turmas de opositores à conduta do marido ciumento o cercaram, procedentes de direções contrárias: Alice, Meg e "a bruxa de Brentford" entraram vindas da cozinha; Page, o juiz Raso e o doutor Caio entraram vindos do jardim. Quanto aos irmãos que haveriam de guardar as portas da frente e dos fundos, nem sombra. Quanto aos "sei lá mais quem" mencionados por Meg, também não deram sinal de vida.

Indignada com o procedimento ofensivo de Frank e, ao mesmo tempo, sentindo-se vingada de antemão com a cara de tacho que ele haveria de fazer quando constatasse que não havia amante nenhum na cesta de roupa suja, nem na chaminé, nem no armário, nem no baú, nem em lugar nenhum da casa – até porque não existia nenhum amante –, Alice foi a primeira a repreendê-lo:

– Que coisa mais feia!

– *C'est vrai*, é verdade – o médico reforçou. – Você non tem verrgonha de ecsporr dessa maneira *la lingerie*, as roupas íntimas de *votre femme*, de sua esposa? – ele perguntou, retoricamente, em sua costumeira mistura de idiomas.

– Desta vez, você passou dos limites, Ford! – Page rosnou. – Vamos ter de interná-lo.

– Com efeito – foi a vez de o juiz Raso se pronunciar com

seu formalismo habitual. – Se você estivesse em minha presença no tribunal, eu o condenaria a doze meses de encarceramento no hospício.

– Isso mesmo! – Meg aplaudiu. – Hospício é lugar de gente que age dessa maneira insana.

Surdo a todas as críticas, Ford continuou arremessando roupas para todo canto, até esvaziar a cesta e constatar que ali não havia ninguém. Mas nem por isso desistiu de revistar a casa inteira, como se havia proposto ao reunir os homens que testemunhariam o flagrante adultério de sua mulher. (Aliás, os únicos que conseguira convencer a acompanhá-lo, pois os outros que ele chamara simplesmente se negaram a participar do que classificaram, por unanimidade, como "mais uma de suas palhaçadas".)

– Vamos, meus amigos, vamos procurá-lo – ainda bradou, como um general obstinado conclamando os únicos sobreviventes da tropa a reunir as últimas forças para enfrentar o mais feroz dos adversários.

Ninguém arredou pé, e, ao dar-se conta de que se encaminhava sozinho para a escada, Ford parou, olhou em torno e voltou atrás. Foi então que percebeu a presença da rotunda figura envolta no xale e esbravejou:

– Quem é essa criatura?

– É a tia de Rosalinda – Alice respondeu, sem pestanejar.

Foi o suficiente para que, num impulso que nada tinha de racional, ele resolvesse descarregar sobre ela todos os confusos sentimentos que o atormentavam nesse instante: raiva, frustração, vergonha, rejeição, culpa, espanto, um certo alívio, um certo medo.

– Eu já falei quinhentas vezes que não quero essa mulher em minha casa! – berrou para a esposa. – Foi você que trouxe a desgraça para minha família! – rugiu para a intrusa indesejável. – Foi você que arruinou meu casamento com seus recadinhos, suas mandingas, seus ti-ti-tis! – vociferou, agarrando o primeiro objeto que estava ao alcance de sua mão e que, por mera coincidência, era a mesma bengala grossa que brandira na véspera, quando inutilmente procurara Falstaff pela primeira vez em sua casa. – Fora daqui, sua bruxa! Leva e traz dos infernos! Marafona! Vigarista!

A cada tipo de insulto que despejava, ele desferia uma bengalada na "pobre mulher", que apenas gemia baixinho e tratava de cobrir o rosto com o xale e as mãos, tanto para se proteger dos golpes quanto para não revelar sua verdadeira identidade, pois acreditava que, nesse caso, não teria como escapar à morte. Foi sob uma tempestade de xingamentos e bordoadas que praticamente se arrastou até o portão, "perseguida" pela fúria assassina de Ford, que, por sua vez, era perseguido por Alice e Meg, por Page, Raso e Caio, todos tentando, em vão, segurá-lo e impedir que ele moesse de pancadas a falsa bruxa de Brentford.

10

Grandes revelações

O que nem todos os argumentos, nem todas as mãos agarrando-o conseguiram, um simples pensamento, que demorou um pouco a se formar, por fim conseguiu. Cruzando-lhe a mente com a força de um raio, de uma poderosíssima descarga elétrica, esse pensamento imobilizou-o de imediato e proporcionou a Falstaff uma oportunidade de ouro para escafeder-se num instante, com vestido e tudo.

– Como eu sou burro! – Ford exclamou, freando como uma carruagem prestes a atropelar um pedestre incauto.

– Concordo plenamente – seus cinco perseguidores exclamaram em coro, detendo-se bem a tempo de impedir um sério abalroamento.

O fato é que, embora todos vissem uma grande burrice

naquela conduta destrambelhada, os motivos que moviam ambas as partes eram distintos. Enquanto Alice, Meg, Page, Raso e Caio achavam que Ford estava agindo como um burro por duvidar da esposa e espancar a "velha" de Brentford, ele mesmo se considerava burro por ocorrer-lhe que a presença da tal "velha" em sua casa, naquele exato momento, não passava de uma falsa isca, de uma cortina de fumaça, de um artifício para despistá-lo. Segundo seu tortuoso raciocínio, a bruxa era uma inocente útil plantada na cena do crime para dar cobertura à fuga do verdadeiro delinquente.

– Mas é claro! – Ford pensou em voz alta. – Enquanto eu estava aqui escorraçando aquela megera, Falstaff estava tratando de fugir pelos fundos. Como é que não eu pensei nisso...? – concluiu, antes de correr na direção do quintal, com a esperança de ainda agarrar o malfeitor.

Dessa vez, os outros conseguiram detê-lo, e, comunicando-se unicamente por meio de olhares e de palavras apenas sussurradas, Alice e Meg resolveram contar aos maridos toda a verdade. Ali mesmo no jardim, falaram da carta idêntica que receberam, da lição que decidiram dar ao conquistador de araque atirando-o no lamaçal e da continuidade da farsa mediante o pretenso pedido de desculpas.

– Só não contávamos que você realmente aparecesse – Alice comentou, ao final do relato. – Aliás, como você sabia que ele estaria aqui?

Em resposta, Ford desfiou as informações de Bardolfo sobre as intenções de Falstaff em relação a Alice e Meg, bem como sobre a biografia nada recomendável do rotundo cafajeste. Por fim, revelou que inventara a figura de Francis Fontes e tramara aquele plano estapafúrdio de demolir a fortaleza moral de Alice para esclarecer, de uma vez por todas, se seu ciúme era infundado ou não.

– Pois agora você sabe que é totalmente infundado – Alice falou, num tom que expressava tristeza por ser alvo de suspeitas e alívio por acreditar que isso não voltaria a acontecer.

Sinceramente arrependido de sua tola desconfiança, Ford prostrou-se diante da esposa, e o fez com tanta veemência que esfolou os joelhos no cascalho do caminho.

– Perdoe-me, meu amor! Perdoe-me! – implorou. – De hoje em diante, faça o que quiser, quando quiser, como quiser. Vá aonde bem entender. Não me dê explicações de nada. Nunca mais, meu tesouro, nunca mais vou lhe perguntar nada, nunca mais...

– Também não precisa exagerar – Page interrompeu-o. – Não seja tão desmedido em pedir perdão a sua mulher quanto foi em duvidar dela.

– Nunca poderei exagerar o bastante... – Ford insistiu.

E novamente foi interrompido, dessa vez por Alice, que, segurando-lhe as mãos em súplica, convidou-o a levantar-se.

– Claro que eu o perdoo, meu querido – ela murmurou, abraçando-o carinhosamente, feliz por restabelecer a paz em seu casamento.

– Pois eu proponho que, tudo esclarecido, planejemos a próxima etapa – disse Meg.

– Que será? – Page perguntou.

– Que será o coroamento de nossas artimanhas para punir e ensinar o desalmado – Alice respondeu. – Vamos para o caramanchão, que o sol já está quente demais.

– Boa ideia! – Page, Meg e Ford concordaram, contentes com a perspectiva de abrigar-se num local tão agradável.

– Eu tenho um compromisso no tribunal às dez horas – o juiz Raso informou e, consultando o relógio, alarmou-se: – E já estou atrasado. Sinto muito – completou, retirando-se apressadamente.

– Eu prreciso verr *un malade*, um doente – disse Caio. – Depois *vous me raccontez tout*, vocês me contam tudo – pediu, afastando-se com o juiz.

Os dois casais esperaram que eles saíssem para a rua, acenaram-lhes, sorridentes, e rumaram para o caramanchão. Contudo, mal deu dois passos, Alice arrepiou caminho, informando:

– Vão indo para lá, que eu vou pedir para a Rosalinda nos servir um refresco. Não comecem nada sem mim – ela avisou, antes de entrar na sala.

Num instante, estavam os quatro novamente reunidos, entre as trepadeiras floridas que exalavam um perfume doce, capaz de tranquilizar o espírito e inspirar belos pensamentos.

– Eu acho que vocês devem marcar um encontro com Falstaff num lugar público em que possamos surpreendê-lo e ridicularizá-lo diante do maior número de pessoas – Page sugeriu.

– No bosque, à meia-noite – Alice e Meg falaram, mostrando que já haviam tramado um plano para fechar com chave de ouro o ensinamento que, desde o início, pretendiam ministrar a Falstaff.

Os maridos torceram o nariz. Se antes duvidavam muito da coragem de Falstaff, agora que tomaram conhecimento de seu passado inglório tinham certeza de que o gordalhão nunca concordaria em encontrar quem quer que fosse num local tido pela cidade inteira como mal-assombrado.

Efetivamente, rezava uma velha lenda que, no inverno, o fantasma de Herne, um antigo guarda-florestal da região, morto em circunstâncias trágicas, aparecia no bosque à meia-noite, com a cabeça coroada por uma grande galhada de cervo, e rodeava várias vezes um carvalho, que acabou sendo chamado de "carvalho de Herne". Depois desse estranho ritual, punha-se a destruir árvores, a atacar o gado da vizinhança, a fazer as vacas darem sangue em lugar de leite e a realizar outros atos terríveis, sempre balançando uma pesada corrente de um modo tenebroso, que provocava calafrios em todos que escutavam. Essa lenda, transmitida de geração em geração, já não assustava as pessoas mais instruídas e lúcidas, porém ainda apavorava muita gente, que, à noite, fosse qual fosse a estação do ano, não se aventurava pelo bosque de jeito nenhum.

– E por que cargas d'água vocês acham que aquele medroso-mor vai concordar em encontrar vocês nesse lugar? – Ford quis saber.

– Porque ele está de olho em nosso rico dinheirinho – Meg explicou.

– É isso mesmo – Alice reforçou. – Enquanto você ouvia informações do tal Bardolfo e inventava essa história de Fontes – ela disse para o marido –, nós tratamos de pesquisar cá e lá e descobrimos que o homem não tem um vintém. Portanto, não é exatamente por nossos belos olhos que ele nos corteja.

Fazia todo o sentido, ainda mais que agora eles sabiam como um cavaleiro da coroa acabara dando com os costados numa estalagem de quinta categoria como A Jarreteira.

– E como vocês pretendem convencê-lo a ir lá? – Page falou.

– Vamos garantir a ele que, se usar uma roupa igual à do fantasma... – Alice começou.

– Fantasma usa roupa? – os maridos perguntaram ao mesmo tempo.

– No imaginário popular, usa, sim – Meg explicou, meio irritada com a atitude trocista dos dois. – O povo mais simples acredita que todo fantasma usa o traje que o caracterizava antes de virar fantasma. Assim, guerreiro usa armadura, rei aparece de manto e coroa, sacerdote de batina, e por aí afora.

– Pois então, como eu ia dizendo, quando fui *brutalmente* interrompida – Alice prosseguiu, enfatizando o advérbio –, vamos garantir a *sir* Falstaff que, se usar uma roupa igual à de Herne, inclusive com os chifres, o fantasma vai achar que ele também é fantasma e não lhe fará mal nenhum.

– Se ele cair nessa... – Ford comentou, porém não se aventurou a discorrer sobre suas sérias desconfianças em relação ao sucesso da empreitada.

– Ele vai cair nessa, porque a vontade de sair da miséria vai falar mais alto – Meg assegurou. – E, quando ele chegar para o encontro, vai protagonizar uma farsa que só o maior autor teatral do mundo poderia conceber.

– As crianças do orfanato vão atuar como duendes, gnomos, elfos, fadas e outros seres sobrenaturais que povoam o imaginário popular – Alice explicou.

– Nossa Aninha vai ser a fada principal – Meg informou ao marido.

– Ela já é uma fada – Page suspirou.

Por um momento, ambos permaneceram em silêncio, visualizando mentalmente sua linda filha com uma varinha de condão na mão, uma coroa de estrelas sobre o longo cabelo entremeado de fitas e de pequenas flores perfumadas e as vestes esvoaçando ao sabor da brisa fresca da noite. A principal diferença entre suas visualizações estava na cor dessas vestes: Page as via brancas como a neve, enquanto Meg as queria verdes. No entanto, nenhum dos dois manifestou sua intenção em relação à cor.

– As crianças vão usar verde e branco e um véu cobrindo o rosto – Alice prosseguiu. – Levarão diademas de velas na cabeça e chocalhos na mão e ficarão escondidas na mata, juntamente com Aninha. Quando Meg e eu recebermos Falstaff, todas elas sairão do esconderijo com as velas acesas, sacudindo os chocalhos e gritando coisas sem sentido. Então, nós duas fugiremos, como se estivéssemos aterrorizadas, e elas rodearão Falstaff, beliscando-o como se fossem mesmo criaturas do outro mundo, queimando-o com as velas, ensurdecendo-o com os chocalhos e interrogando-o sobre os motivos que o fizeram profanar um lugar sagrado com sua presença.

– E só vão parar de atormentá-lo quando ele disser a verdade – Meg informou.

Os quatro se puseram a visualizar a cena, o obeso cavaleiro acossado por um bando de crianças, todas dispostas a prolongar ao máximo o que para elas não passava de uma sensacional brincadeira e que para Falstaff seria, sem dúvida, a própria antecâmara do inferno.

– E, quando ele por fim confessar – Alice emendou –, todos nós, juntos, lhe tiraremos a galhada e, sob caçoadas, o conduziremos até A Jarreteira.

– Aposto que toda Windsor vai sair à rua para contemplar o triunfal cortejo! – Meg exclamou.

– Vamos começar a ensaiar as crianças hoje mesmo – Alice anunciou. – E vocês dois tratem de providenciar o material necessário para a encenação – ordenou aos homens.

– Eu não vou arredar uma palha, enquanto não tiver a confirmação dele – Ford proclamou, cruzando os braços e fazendo beicinho como um moleque emburrado.

– Nem eu! – Page o imitou.

– Tudo bem! – Meg conciliou. – Logo mais vamos mandar dona Quica levar o convite e nos trazer a confirmação.

– Que é tão certa quanto dois mais dois serem... – Alice interrompeu-se.

– ...quatro! – Meg completou, sem se deixar pegar na armadilha da comadre.

– Pois, quando chegar essa certíssima confirmação, nós vamos comprar tudo que for preciso para a grande montagem de nossa farsa pedagógica – Ford comunicou. – Não vamos, Tom?

– Claro! Se depender de mim, será um sucesso.

– Digno do maior autor teatral do mundo! – os quatro exclamaram em coro, radiantes com o projeto.

11

Pombinhos

Se houvesse em Windsor um concurso para eleger o rapaz e a moça mais bonitos da cidade, com certeza os vencedores seriam Toby Fenton e Aninha Page. Ela era miúda e magrinha – mas não esquelética –, com feições delicadas como as de uma boneca de porcelana, grandes olhos castanhos emoldurados por longos cílios espessos, cabelo cor de mel levemente cacheado, um porte de princesa sem o menor pedantismo e a inocência de menina combinada com uma certa sensualidade de mulher madura. Quanto a ele, era alto e atlético – mas não excessivamente musculoso –, com traços fortes e bem marcados, olhos cinzentos, sedoso cabelo negro, um porte de príncipe sem a menor arrogância e a aparência de homem vivido temperada por um certo ar ingênuo de adolescente apaixonado.

Muitos windsorianos tinham conhecimento do amor que unia esses dois jovens, porém não ignoravam que os Page se opunham obstinadamente a Fenton, pois o consideravam um arruaceiro, um estroina, um janota fútil e – o pior – um caçador de dotes que só cortejava Aninha porque ouviu falar da fortuna que ela estava prestes a herdar e pretendia dar um reles golpe do baú.

Para os cidadãos que viam com bons olhos o namoro do belo par e torciam para que seu casamento se realizasse, os pais da donzela estavam redondamente enganados. Os que o conheciam sabiam que, quando morava em Londres e era rico, Fenton havia sido mulherengo e farrista, dândi e jogador, leviano e perdulário. Admitiam que ele até podia ter se aproximado de Ana Page por mero interesse financeiro, porém agora estava plenamente regenerado, por assim dizer. Só tinha olhos para ela e até redigira um documento, declarando formalmente que renunciava a toda e qualquer participação na fortuna atual e na herança iminente da amada.

Entretanto, o pobre rapaz não conseguira dizer nada disso a Meg e Tom Page, que nunca se dignaram a escutá-lo. Agora, com a perspectiva da farsa que seria encenada para desmascarar e ridicularizar Falstaff, finalmente via uma oportunidade de ouro para concretizar seu sonho de amor, apesar da oposição dos futuros sogros.

E tratou de agarrar essa oportunidade sem perda de tempo. Tão logo soube, através da sempre solícita dona Quica, que Ford e Page viajaram para Londres, a fim de comprar o material necessário para a aguardada montagem, e que Alice e Meg se atarefavam em ensaiar as crianças do orfanato, arrumou um jeito de encontrar-se com Aninha, que, por sua vez, também estava ansiosa para falar com ele, pois tomara conhecimento de certos planos dos pais em relação a seu futuro próximo.

– Minha mãe quer que eu case com aquele médico velho que tem idade para ser meu avô – ela repetiu pela enésima vez. – E agora resolveu que esse casamento vai se realizar na noite do grande espetáculo que *sir* João Falstaff vai estrelar sem saber. Ela mandou fazer um vestido verde para mim, porque assim o doutor Caio vai me reconhecer por baixo do véu. De acordo com o plano que eles bolaram, aquele médico decrépito vai me pegar à meia-noite e me levar para a igreja de São João Batista, onde já terá combinado com o pároco para esperar a gente e sacramentar nossa união.

– E você disse "não", não disse? – Fenton perguntou, aflito.

– Eu disse "sim, senhora", como uma filha verdadeiramente obediente deve dizer – Aninha respondeu meigamente.

– Mas, meu bem, você não pode fazer isso... – Fenton começou, apavorado com a tenebrosa perspectiva de perder sua doce Aninha.

Antes de responder, ela o silenciou com um beijo terno e apaixonado, que contribuiu para aliviar-lhe um pouquinho o pavor.

– Claro que eu concordei só da boca para fora – assegurou-lhe. – Você sabe que, quando minha mãe encasqueta com uma coisa, não adianta discutir, pois não existe argumento que a faça mudar de ideia – completou. Depois de brindá-lo com mais um beijo, prosseguiu: – Meu pai, por sua vez, mandou fazer uma roupa branca para mim. Disse que, conforme combinou com Abraão Delgado, à meia-noite ele vai pegar a fada de branco... que serei eu... e levá-la, ou melhor, e *me* levar para Eton, onde um colega do tio dele vai realizar nosso casamento.

A essa altura, Fenton já havia percebido que Aninha tinha em mente um plano mais astuto para despejar por água abaixo as tramas dos pais. Confiando na esperteza da mocinha, ele apenas a beijou carinhosamente, vibrando de orgulho por ter uma namorada tão inteligente e hábil, e aguardou em silêncio.

– Claro está que eu novamente concordei – ela continuou –, porque sou uma filha obediente e porque também com relação a ele aprendi, há muito tempo, que nada o faz voltar atrás depois que toma uma decisão. Neste caso, a decisão dele, contrariando frontalmente a vontade de minha mãe, é me unir ao Palito. Imagine que aquele boboca resolveu inventar uma senha para ter certeza absoluta de que a fada de branco, com o rosto coberto por um véu, realmente seria eu. Ele mesmo me explicou que, à meia-noite, vai chegar perto de mim e dizer "caluda", para que eu responda "pataca".

– "Caluda"? "Pataca"? – Fenton estranhou.

E os dois caíram na gargalhada diante de uma coisa tão estúpida, que nem com a maior boa vontade do mundo teria o menor sentido.

– Agora vem a parte melhor – Aninha anunciou e, depois de fazer uma pausa para produzir suspense, revelou: – A "fada de branco" será nosso fiel mensageiro, a quem prometi uma generosa recompensa...

– O empregado do correio – Fenton prontamente identificou o rapaz que, mediante uma pequena gorjeta, costumava levar as mensagens dele para Aninha e vice-versa.

– Exatamente – ela confirmou. – E a "fada de verde" será o filho do jardineiro, a quem também prometi uma generosa recompensa.

– Mas, meu amor, de onde você vai tirar essas "generosas recompensas"? – Fenton alarmou-se. – Você sabe que eu mesmo mal tenho com que me sustentar...

– Ora, querido, você esqueceu que dentro de alguns dias eu vou receber a fortuna que meu avô me deixou?

Ao ouvir essas palavras, ele respirou, aliviado, inflando-se novamente de orgulho com a esperteza e a dignidade da namorada. Evidentemente, ela não poderia pedir esse dinheiro aos pais, já que estaria contrariando as vontades de ambos; no entanto, usar uma herança que era só dela para pagar serviços prestados em prol de sua própria felicidade não tinha nada que a desabonasse nem diante do juiz mais severo.

– Agora só falta você tratar dos preparativos para nos casarmos – Aninha concluiu, roçando com os lábios a ponta do nariz de Fenton.

O rapaz pensou por alguns instantes, tentando localizar entre seus muitos conhecidos aquele com quem poderia contar incondicionalmente nessa hora crucial de sua vida.

– Edu Marmelo! – exclamou por fim. – Ele gosta de mim como de um filho, já falou isso mais de uma vez, e sei que vai nos ajudar de bom grado. Vou pedir a ele que converse com o pároco da Santa Ana, aquela igrejinha na beira do Tâmisa...

– Que coisa linda, meu amor... – Aninha interrompeu-o, comovida por ele ter escolhido uma igreja dedicada à santa de sua proteção.

– ... e diga para ele estar a postos para nos casar entre meia-noite e uma hora – Fenton completou.

Tudo planejado, o jovem casal se abraçou fortemente, trocou mais um beijo apaixonado e separou-se, cada qual correndo para ir cuidar das últimas providências, de maneira que nada impedisse sua união pelos sagrados laços do matrimônio.

12

O que não tem remédio...

Nunca na vida Falstaff achou tão sinistras as badaladas da meia-noite que começavam a soar no sino da São João Batista, a principal igreja de Windsor. Também pudera: ele nunca havia estado sozinho a uma hora tão avançada num bosque deserto, tido como frequentado por um fantasma de maus bofes que, segundo se dizia, não deixava uma árvore inteira por onde passasse. "O que não faria ele com um ser humano que encontrasse?", Falstaff se perguntou, encolhendo-se de medo. "Ainda bem que, de acordo com a tradição popular, o tal Herne só aparece por aqui no inverno", consolou-se. "Espero que ele também conheça a tradição..."

Na verdade, se alguém devia ter medo de alguém nesse momento, era o fantasma, pois, graças aos preciosos préstimos de dona Quica, Falstaff estava simplesmente aterrador, com uma galhada de cervo coroando-lhe a cabeça imensa, o rosto redondo lambuzado de fuligem, a barba imunda entrelaçada de farrapos negros, uma capa preta cobrindo-lhe o corpanzil dos ombros aos tornozelos e umas botas cor de barro guarnecidas de frondosos ramos verdes. Aliás, os ramos se distribuíam também pela capa, contribuindo em muito para tornar seu aspecto geral ainda mais grotesco. Dona Quica resolvera acrescentar esse detalhe por sua conta, explicando-lhe que, quanto mais se parecesse com o espectro do antigo guarda-florestal, menos risco correria. Medroso como era, porém ambicioso a ponto de superar o medo, Falstaff concordara com todas as maluquices que ela lhe propusera, por iniciativa própria e por orientação de Alice e Meg, confiando que tudo funcionaria como uma espécie de armadura contra a famigerada malevolência do fantasma.

– Vossa senhoria deve se lembrar da história de "Júpi" –, dona Quica lhe dissera, ao prender-lhe na cabeça a frondosa galhada que Tom Page comprara de um caçador.

– História de quem...?

– De "Júpi", o deus romano.

– Ah, sim, Jú-pi-ter – Falstaff a corrigira.

Absolutamente indiferente à correção, dona Quica prosseguira, feliz da vida com a inesperada oportunidade de exibir seus parcos conhecimentos de mitologia romana, que adquirira por ouvir falar:

– Pois então, esse tal de "Júpi" se fantasiou de touro para seduzir "Oropa", uma...

Era erro demais até mesmo para Falstaff, que, apesar de seu título de cavaleiro da coroa e de sua velha amizade com o príncipe herdeiro da Inglaterra, nunca aprendera muita coisa de cultura clássica – aliás, de cultura nenhuma. Novamente escandindo as sílabas para tentar fazer dona Quica assimilar as palavras corretas, ele esclarecera:

– Jú-pi-ter não se fantasiou de touro, na verdade ele se trans-for-mou em touro para seduzir Eu-ro-pa, uma ninfa pela qual estava apaixonado.

– E não foi isso que eu falei? – a velha alcoviteira perguntara, irremediavelmente impermeável a quaisquer correções.

Diante dessa realidade aparentemente imutável, Falstaff desistira de corrigi-la e julgara melhor permanecer em silêncio até que ela tivesse terminado sua bizarra caracterização. Nem a própria dona Quica superara a vontade de rir, ao vê-lo vestido e arrumado para atuar, por uma noite, não como um sósia do fantasma do bosque e muito menos como a maior divindade romana às voltas com a conquista de uma ninfa, mas, sim, como o perfeito palhaço metido a conquistador que cometera a ousadia de se engraçar com duas senhoras honradas e honestas.

Durante algum tempo, dona Quica o acompanhara, infundindo-lhe uma boa sensação de segurança ao longo de um trecho do extenso caminho que separava A Jarreteira do bosque. Contudo, quando as casas começaram a escassear e a vegetação se tornou mais densa, decidira que já era hora de tomar um atalho e ir juntar-se aos demais integrantes do "elenco" que em breve estaria representando a farsa pedagógica concebida por Alice e Meg. Por nada no mundo queria perder sua grande chance de alçar-se ao estrelato, ao menos no plano de sua própria imaginação, e assistir de perto à fragorosa humilhação do arrogante *sir* João Falstaff.

– Eu vou indo, porque amanhã tenho de acordar muito cedo, como de costume, e já passou de minha hora de dormir – explicara, forçando um bocejo.

Falstaff bem que estremecera da galhada às botas ante a iminência de prosseguir sozinho naquela escuridão, mas, pensando nos cofres abarrotados que descaradamente pretendia esvaziar, ganhara coragem bastante para ir em frente, apesar das pernas bambas e dos dentes que insistiam em bater uns nos outros, como se de repente a agradável temperatura da noite de verão tivesse cedido lugar ao frio glacial do inverno.

– Tudo bem – ele começara a dizer, porém logo constatou que dona Quica já se distanciava, a passo apressado. – Que mulher medrosa... – resmungara, como se ele mesmo fosse muito corajoso.

Pé ante pé, tateando o solo para assegurar-se de que não pisaria em falso, ele continuara andando, até chegar ao bosque e, lá, até o carvalho de Herne, uma árvore antiga, com o tronco todo retorcido, os galhos quase sem folhas estendendo-se como mãos descarnadas, prontas para agarrar o primeiro incauto que se aproximasse.

– Onde foi que eu vim me meter... – murmurou, cada vez mais apavorado.

Parecia-lhe que mil olhinhos arregalados o espiavam por entre a vegetação, reluzindo ao luar. Parecia-lhe que mil seres do outro mundo cochichavam em meio às folhagens, e, uma vez ou outra, ele até teve a impressão de ouvir seu nome, sussurrado no silêncio do bosque escuro.

– *Sir* João Falstaff!

Agora era de fato a voz de uma pessoa viva, a voz de Alice Ford, que, em carne e osso, subitamente se esgueirou por entre as ramagens e se postou diante dele, exuberante em seu traje de ir ao teatro.

– Minha idolatrada! – ele exclamou, aliviado por ter a seu lado alguém que, se não pudesse protegê-lo, ao menos lhe faria companhia, infundindo-lhe um pingo de coragem. – Que alegria encontrar você aqui, neste lugar deserto, onde nada nem ninguém há de interromper nossa plena entrega ao amor!

Sem dar ouvidos a suas falsas juras, Alice fez sinal à comadre para que emergisse dentre os arbustos, enquanto o informava secamente:

– Meg Page veio comigo.

– Melhor ainda! – Falstaff exclamou novamente, mais aliviado com o que imaginava ser um segundo escudo contra os terríveis perigos do bosque mal-assombrado. – Pois que vocês me repartam como um javali que acabou de ser caçado e esquartejado – propôs a ambas, meloso e bombástico. – Dividam meus flancos entre si, deixem a cabeça para mim mesmo e ofereçam estas guampas exuberantes aos senhores seus maridos – concluiu, fazendo menção de estender os braços, porém a capa que o cobria, com todos aqueles ramos pendentes, impediu-o de cingir contra o peito as duas mulheres, supostos objetos de um amor inexistente.

Falstaff ainda estava lutando para desvencilhar-se da capa, quando se fizeram ouvir uma algazarra ensurdecedora, um tropel atrás das árvores, um ruído de galhos quebrados e folhas amassadas.

– Que diabo será isso? – ele perguntou, mais uma vez apavorado.

– Coisa boa não pode ser! – Alice respondeu, fingindo-se de amedrontada.

– Vamos fugir! – Meg propôs, também simulando um medo que estava longe de sentir.

Antes, porém, que dessem um passo, foram cercados por um bando de duendes, gnomos, elfos, fadas e outros seres que, segundo a crendice popular, habitam as matas e atormentam ou ajudam os mortais, conforme a veneta. Uma fada gorda e baixinha, com o rosto coberto por um véu, como todas as outras figuras que a acompanhavam, adiantou-se do grupo e, como uma prima-dona no teatro de ópera, estufou o peito e cantou a plenos pulmões:

Chega de fantasia e de malícia,
chega de lascívia e de cobiça.
Fogo ardendo no sangue é tudo isso,
por desejos impuros ateado,
por pensamentos incastos soprado.
Agora, todos juntos, camaradas,
agora vamos todos beliscá-lo,
e vamos com nossas velas queimá-lo,
castigando-o por sua canalhice!
A seu redor vamos todos girar
até findarem velas e luar.

Enquanto dona Quica entoava a canção com sua poderosa voz de contralto, todos os "seres sobrenaturais" que a acompanhavam beliscavam Falstaff impiedosamente, chamuscavam-no com seus diademas de velas acesas e o ensurdeciam com seus chocalhos e berros. No meio da gritaria geral, e aproveitando que todas as atenções estavam voltadas para o cavaleiro, o doutor Caio sorrateiramente se aproximou de uma fada de verde e a conduziu até uma charrete que deixara de prontidão, atrás de umas árvores mais distantes do carvalho de Herne. Ao mesmo tempo, Abraão Delgado se apoderou de uma fada de branco e praticamente a arrastou até o barco que os aguardava junto à margem do rio para levá-los a Eton.

Concluída a brilhante interpretação de dona Quica e sua trupe, ouviu-se uma barulheira de caçadores perseguindo a presa no meio do bosque, e, como se tivessem se assustado com a iminência de uma repentina intromissão, duendes e gnomos, elfos e fadas fugiram. Falstaff, que a essa altura se jogara no chão (ou fora derrubado, ninguém nunca soube ao certo), levantou-se, espavorido, arrancou a galhada da cabeça e fez menção de sair correndo. Não chegou, porém, a dar um só passo, pois nesse instante Page e Ford saíram de trás dos arbustos, de onde assistiram à cena da punição do fidalgo decadente.

– Aonde o senhor pensa que vai? Seu castigo ainda está longe de terminar – disse Page, rodeando-o com um ar ameaçador.

– É isso mesmo – Ford confirmou. – Você ainda tem contas a ajustar com Francis Fontes. Onde está o dinheiro que você recebeu dele com a incumbência de preparar o caminho para ele conquistar a senhora Ford e assentar um par de chifres naquele "perfeito idiota terrivelmente ciumento, incapaz de enxergar um palmo adiante do nariz", naquele "imbecil" do senhor Ford? – perguntou, repetindo as mesmas palavras que Falstaff usara para defini-lo diante do falso Fontes, e, como o outro permanecesse em silêncio, absolutamente apalermado em função da surpresa, esclareceu: – Francis Fontes não existe, seu paspalho! Há, há, você caiu como um patinho... ou melhor, como um avestruz estourando de gordo...

Temendo que os maridos perdessem a cabeça e se pusessem a espancar Falstaff para valer, as duas comadres resolveram se intrometer:

– Já chega, Tom – Meg falou.

– Ele já recebeu o devido castigo – Alice completou.

– Na-ná-ni-na-não – os dois homens protestaram em coro.

– Ele ainda tem de ouvir umas poucas e boas – Ford prosseguiu. – Tem de admitir de viva voz para quem quiser ouvir que, do que pertence a Frank Ford, só provou mesmo foi da roupa suja, dentro da cesta, da bengala e do dinheiro que recebeu do fictício Francis Fontes e que vai ter de devolver, centavo por centavo. Diga aí, *sir* João Falstaff, quem é que não enxerga um palmo adiante do nariz? Quem é o imbecil? Quem é o perfeito idiota? Hein? Hein?

Falstaff baixou a cabeça de tal modo que, quem não o conhecesse, poderia até pensar que ele estava envergonhado ou constrangido – mas quem o conhecia sabia muito bem que sentimentos desse tipo estavam longe de assaltá-lo. Se existia uma pessoa em todo o reino da Inglaterra incapaz de envergonhar-se ou constranger-se era o indigníssimo cavaleiro da coroa, que sempre agia e pensava como se fosse dono absoluto da verdade e todas as demais criaturas estivessem erradas.

– Realmente, começo a desconfiar que fui feito de burro – foi o máximo que ele conseguiu dizer.

– Foi feito de burro com chifres... – Page acrescentou, provocando risos gerais.

O aristocrata indigno olhou em torno e avistou a seu redor os pés e as pernas dos duendes e gnomos, dos elfos e fadas que haviam voltado e, agora silenciosos, apenas o contemplavam com uma expressão que denotava um estranho misto de triunfo e comiseração e que, ainda cabisbaixo, ele não pôde ver.

– E essas criaturas são do outro mundo? – perguntou, num fio de voz.

Mais um coro de risos precedeu a resposta, dada por Ford:

– Claro que não, seu panaca!

– Bem que, por duas ou três vezes, achei que não eram mesmo... – Falstaff resmungou, indignado não consigo mesmo por ter caído na esparrela, mas com os outros que lhe armaram o que, no íntimo, considerava agora uma "vil armadilha". – Acho que até reconheci a voz da fada gorda, mas, como ela cantou a canção inteira sem errar uma só palavra...

Dona Quica, sempre atenta, emproou-se como se tivesse recebido um insulto gravíssimo e protestou:

– Eu nunca falo errado!

Ao ouvir isso, Alice e Meg se entreolharam e cada uma soltou um suspiro. Sabiam que a alcoviteira só não cometera nenhum erro porque haviam dedicado um tempo enorme para fazê-la ensaiar a canção sob sua orientação paciente, segura e firme.

– Bom, vamos completar a lição – Ford falou, antes que dona Quica resolvesse apresentar todo um arrazoado em defesa própria. – Vamos levá-lo até a cidade para que você tire de seu cofrinho secreto aquele dinheiro que o senhor Francis Fontes lhe deu e o devolva a ele – disse para Falstaff.

– Eu gastei o dinheiro! – o outro gritou.

– Tudo?! – Ford espantou-se. – Não era nenhuma fortuna, mas também não era coisa para se gastar em dois, três dias...

– Eu tinha umas dívidas para pagar... – Falstaff murmurou, a contragosto.

– Deixe para lá, Frank – Alice interferiu. – Agora que aprendeu a lição, nosso amigo aqui vai se comportar direitinho. Não vai, *sir* João?

Bem que o rotundo cavaleiro teve vontade de dizer que ia continuar agindo exatamente da mesma forma e que não reconhecia em nenhum dos presentes nenhuma autoridade moral para ensinar-lhe coisa alguma, porém se absteve de abrir a boca e apenas balançou a cabeça para frente e para trás, num gesto relutantemente afirmativo.

– Sendo assim, vamos todos lá para casa comemorar com um cálice de xerez o bom termo de nossa farsa pedagógica – Page propôs. – E você, *sir* João, poderá rir de minha mulher, que ainda há pouco estava rindo de você. Sim, porque ela vai fazer uma cara quando souber que nossa Aninha a uma hora desta já é a esposa de Abraão Delgado – explicou, olhando para Meg com um ar malicioso.

"Pois sim", ela pensou, forçando um sorriso amarelo. "A uma hora desta ela está casada é com o doutor Caio."

Contradizendo as palavras pronunciadas em voz alta pelo marido e mentalmente pela mulher, o Palito entrou correndo na clareira, esbaforido.

– O que aconteceu, rapaz? – Page lhe perguntou. – Resolveu tudo?

– Que nada! – o rapaz exclamou, quase sem fôlego. – Quando cheguei a Eton para me casar com a senhorita sua filha, o que vi a meu lado foi um homem! O empregado do correio, que até agora está lá, diante do tribunal, rindo de mim... – choramingou.

– Mas você levou a fada de branco, não levou? – Page quis saber prontamente.

– Levei. E, para não ter dúvida, ainda usei a senha que eu tinha combinado com a Aninha. Eu falei "caluda", e ela... ou melhor, *ele* respondeu "pataca", e, no entanto...

– Mas... e a voz? Você não reconheceu a voz? – Page insistiu, sem querer acreditar na burrice do jovem cretino que escolhera para ser seu genro.

– Não... Ele falou com a voz fininha, que nem a dela... Como é que eu ia reconhecer...?

Todos riram, menos Page e Abraão Delgado, cada qual se sentindo mais indignado e humilhado que o outro. Quando conseguiu superar o riso, Meg abriu a boca para caçoar do marido e explicar-lhe que Aninha estava de verde, como ela própria combinara com seu pretendente favorito, porém não teve tempo de dizer nem "a", pois então foi a vez de Caio entrar em cena, ainda mais esbaforido que o Palito.

– *Vous m'avez trompé*! A senhorra me enganou! – o médico gritou, misturando as línguas, como sempre. – O que a senhorra me impingiu como *fiancée*, como noiva, erra um *garçon*, um rapaz, um *paysan*, um camponês...

– Como assim? – Meg estava pasma. – O senhor não levou a fada de verde?

– Levei, mas erra *le fils du jardinier*, o filho do jarrdinerro...

Agora ninguém mais teve vontade de rir. Ao contrário, subitamente aflitos, preocupados com o que poderia ter acontecido de tão grave e inesperado que frustrara os planos de ambos os pais de Aninha, todos se puseram a chamar por ela. No entanto, não precisaram chamar muito, pois ao cabo de alguns instantes os pombinhos apareceram no bosque, radiantes de felicidade.

– Perdão, meu pai! – ela pediu. – Perdão, mamãe!

– E ainda vem pedir perdão... – Page esbravejou. – Por que não casou com o Palito, quer dizer, com Abraão Delgado, como me prometeu?

– Por que não casou com o doutor, como combinamos? – Meg perguntou à filha.

Ao invés de deixar a esposa responder, Fenton tomou a iniciativa de explicar, aproveitando para dar uma boa e necessária lição de moral a seus sogros:

– Porque ela não ama nenhum deles. Vocês dois erraram feio, ao tentar obrigá-la a casar com um ou outro, sem perguntar se ela queria essa união. Casamento é para a vida toda, e não pode ser forçado, tem de ser por amor. E amor é o que Aninha sente por mim, e eu por ela. Reconheço que ela errou em agir às escondidas, mas foi o único meio que encontrou de seguir os ditames do próprio coração. Não era nenhum de vocês que iria viver até o fim de seus dias com o doutor Caio,

que tem idade para ser avô dela, ou com o senhor Abraão Delgado, que não é a pessoa mais brilhante que conhecemos. Admitam que cometeram um erro, perdoem nossa desobediência... pois eu participei dessa desobediência... e aceitem nossa união – completou, agora em tom de súplica.

Meg e Tom ainda permaneceram amuados, porém, ao ver a alegria estampada no rosto do jovem casal, não resistiram por muito tempo.

– Claro que eu perdoo, meus filhos – Meg falou, abraçando os pombinhos carinhosamente.

– E eu também – disse Page, juntando-se ao abraço. – O que não tem remédio, remediado está... – murmurou.

– E vamos todos para minha casa, celebrar o bom sucesso desta noite cheia de peripécias! – Alice propôs, para satisfação geral.

QUEM É HILDEGARD FEIST?

Hildegard – ou Hilde, como é chamada pelos amigos – nasceu em São Paulo, formou-se em Letras Neolatinas pela USP, estudou Sociologia da Comunicação em Washington, Estados Unidos, e, de volta ao Brasil, dedicou-se primeiramente à editoração de fascículos e depois à tradução de livros e à elaboração de adaptações de clássicos da literatura e de textos paradidáticos.

Seu desempenho profissional ao longo de mais de trinta anos de carreira tem dois traços principais: perfeccionismo e seriedade. Do mesmo modo, quem a conhece logo lhe atribui duas características fundamentais: talento e modéstia.

Uma de suas grandes paixões é a música, mais precisamente a ópera. Para assistir a uma temporada lírica, Hilde é capaz de viajar milhares de quilômetros – é por isso que, sempre que pode, vai à Europa ou à América do Norte. Mozart é seu compositor predileto, e todas as óperas baseadas em peças de Shakespeare despertam seu interesse: é o caso, por exemplo, de *Otello* e *Falstaff*, do italiano Giuseppe Verdi, e de *A megera domada*, do alemão Hermann Goetz.